谨以此书

致敬白衣战士！
致敬为抗疫做出贡献的每一个平凡的你！

查医生
援鄂日记

查琼芳 / 撰　　仁济医院 / 主编

上海交通大学出版社
SHANGHAI JIAO TONG UNIVERSITY PRESS

图书在版编目（CIP）数据

查医生援鄂日记/上海交通大学医学院附属仁济医院主编.—上海：上海交通大学出版社,2020
ISBN 978-7-313-22987-8

Ⅰ.①查… Ⅱ.①上… Ⅲ.①日记—作品集—中国—当代 Ⅳ.①I267.5

中国版本图书馆CIP数据核字（2020）第057799号

查医生援鄂日记

ZHA YISHENG YUAN'E RIJI

主编：上海交通大学医学院附属仁济医院
撰：查琼芳
出版发行：上海交通大学出版社　　　　　地　　址：上海市番禺路951号
邮政编码：200030　　　　　　　　　　　电　　话：021-64071208
印　　制：上海四维数字图文有限公司　　经　　销：全国新华书店
开　　本：880 mm×1230 mm　1/32　　印　　张：7.5
字　　数：172千字
版　　次：2020年4月第1版　　　　　　　印　　次：2020年5月第3次印刷
书　　号：ISBN 978-7-313-22987-8　　　ISBN 978-7-88941-392-3
定　　价：45.00元

2020年1月24日，除夕之夜，上海第一批援鄂医疗队启程，赴武汉市金银潭医院，参加新冠肺炎患者的救治工作，从驰援武汉到返回上海，整整68天。

　　上海交通大学医学院附属仁济医院呼吸科主治医师查琼芳医生随队出征。在紧张繁忙的援助工作之余，她每天发回一段日记，以抗疫一线医生的视角记录大疫之下中国的举国之战。

2019年9月上旬，我参加了在武汉举行的全国呼吸年会。走在江边步道上，看着江面上初升的太阳，看着锻炼的人们，我觉得武汉是一个充满希望和阳光的城市。现在武汉这座城市生病了，作为共饮长江水的上海人，我们有责任和义务去帮助他们。虽然是除夕出发，但是对于医务人员来说，我们的工作是不分平时和除夕的，只要有需要，我们随时都可以出发。我希望在后方的同事、家人能够身体健康，保护好自己。

查琼芳

（根据2020年1月24日出征前
接受上海人民广播电台采访时的录音整理）

查医生原声

1月24日，上海交通大学医学院、仁济医院领导在上海虹桥机场为仁济第一批援鄂医疗队队员送行并合影（右八为查琼芳医生）

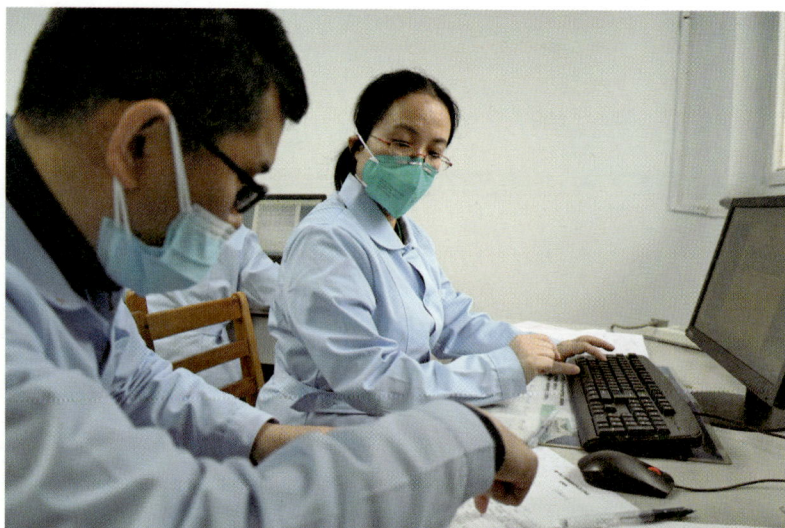

在医生办公室工作中的我（左起：刘瑞麟、查琼芳）

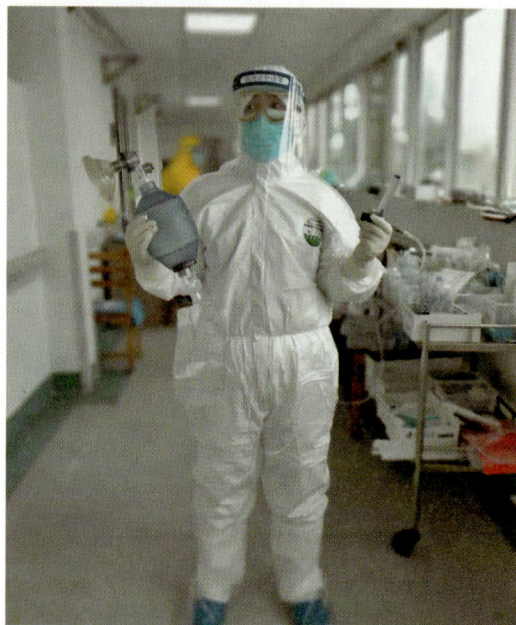

全副武装，准备去帮患者插管的我

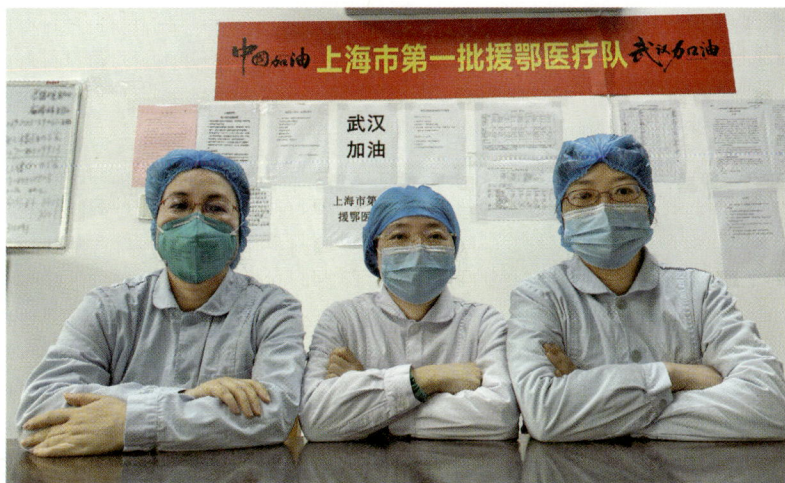

三女将（左起：查琼芳、李晓宁、周东花）

和"娘家"（仁济医院）的张继
东副院长合影

仁济医院第一批援鄂医疗队四人小分队在武汉市金银潭医院前合影留念（左起：傅佳顺、吴文三、查琼芳、张煜）

仁济医院第一批援鄂医疗队四人小分队在送别仪式上合影留念（左起：吴文三、查琼芳、傅佳顺、张煜）

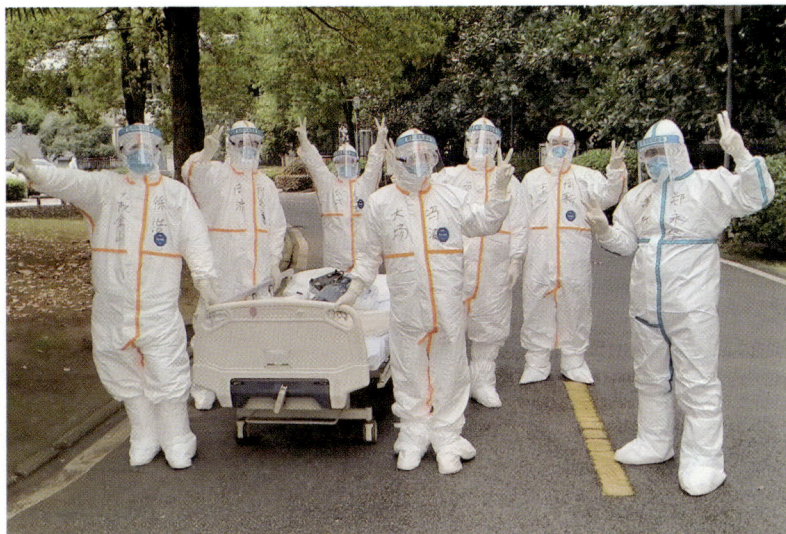

第一小组在病人清零后终于有机会放松心情，拍了第一张合影（左起：徐浩、刘瑞麟、查琼芳、冯波、汪伟、周新、郑永华）

第一小组回沪后在隔离酒店的集体照（左起：徐浩、汪伟、查琼芳、周新、郑永华、冯波、刘瑞麟）

凯旋前与一起奋斗过的酒店员工合影留念

上海第一批援鄂医疗队返沪前与武汉市金银潭医院领导合影留念

序

查医生援鄂日记的力量

2020年,新冠肺炎疫情发生后至今,全国有4.26万名医疗队员驰援湖北、驰援武汉。两个多月来,我在感动、担忧甚至哽咽中为数批上海交通大学医学院的援鄂医疗队送行,更通过微信朋友圈关注在湖北、武汉"玩命"的援鄂战友,那种"去留肝胆两昆仑""不破楼兰终不还"的大无畏精神,可歌可泣!在这些信息里,我看到了查琼芳医生的《日记》,从除夕夜出征武汉写到3月31日落地上海,一日不曾落下。她的文字朴实无华,但情真意切,让我感慨,也时常令我泪目。

查琼芳是上海第一批援鄂医疗队队员,也是这支队伍里交医系统唯一的女医生。大年三十夜,她放下碗筷、离别亲人,出发去武汉市金银潭医院。这支医疗队是最早从上海出发、最少思想准备的一支队伍,是最少成熟经验参考、早期防护物资最不充足和防护条件最不完善的一批人员,同时也是拯救最危重病患者的一群勇士,是奋战时间最长的一支医疗队。从1月25日凌晨1:30到达武汉天河机场,到3月31日结束在武汉市金银潭医院重症病房的工作,整整68天!

　　从查医生的《日记》里，我看到了她周围的许许多多平凡却伟大的普通人，有医护人员，有进重症病房帮忙打扫卫生的志愿者，有酒店大厨，有志愿者司机，有快递小哥，有患者，有患者家属……没有宏大的叙事，只有每天的日常，而就是这些普通人的日常，一点一滴拼出了中国阻击新冠肺炎疫情的路线图：从医护人员穿着厚重的防护服一周工作50个小时到更多医疗队增援后的正常轮休，从物资紧缺时进重症监护室才可以领一个N95口罩到医护用品充分补给后的用时自取，从每日爆满的ICU到越来越多的重症患者转为轻症患者，随后陆续出院，从三位女医生值夜班时互相加油鼓气到一次次疑难杂症案例讨论会后的精准治疗……党中央的领导和全民参与让这场伟大的人民战、总体战、阻击战在两个多月内基本控制住了疫情的进一步扩散，创造了人类防疫历史上的奇迹。

　　查医生的日记被中央电视台、新华社等全国很多媒体转载，其中传递出的信心和力量，像阵地上高高飘扬的旗帜，感召着一批又一批医护人员增援湖北。查医生的学生们纷纷主动请战，仁济医院第三批整建制援鄂医疗队156人在24小时之内组建完成……

　　如今，包括撰写《日记》的琼芳在内的上海援鄂医护人员已经全部凯旋。我想，那段伤痛可能会随着时间的流逝渐渐痊愈，那段记忆也有可能随着时代的变迁被人遗忘，而《日记》中记录的点点滴滴，一定会唤起我们的记忆。《日记》之外，仍有很多值得我们铭记。让我们永远记住疫情暴发之初湖北医护人员奋不顾身冲在疫情前线的勇敢；让我们永远记住留在后方守卫家乡的医护人员的日夜奔忙；让我们永远记住每日冲在一线排查的警察、社区工作人员的辛勤付出，还有坚守岗位的空乘人员、货车司机、公交司机、志愿者司机、快递员……

"历史是最好的教科书，也是最好的清醒剂。"《查医生援鄂日记》既是一部很有价值的抗疫史料，也是一部难得的医学人文教育的读物，它再现了医务人员以及所有中国人民在中国共产党的正确领导下，在面对灾难、面对危险时表现出来的义不容辞和善良勇敢，并用这种无私无畏的精神构筑起了巨大的中国力量。有了这种力量，我们就没有战胜不了的困难，就没有逾越不了的鸿沟。

陈国强

中国科学院院士

上海交通大学医学院院长

2020 年 4 月 10 日

目　录

清空了科室的所有库存

1月25日1:30,飞机缓缓降落在武汉天河机场,降落前的细雨在我们出机舱时居然已经停止,这似乎预兆着什么。

1月23日晚接到医院援鄂通知,只说随时待命。24日是农历除夕,年夜饭吃到一半,就接到了当晚出发去武汉的通知,这就跟等待楼上的靴子落地一样,悬了一天的心总算放下了。行李已经打包,所带的防护物资几乎清空了科室的所有库存,而这些也不过是一个箱子而已。

虹桥机场4号口,人头攒动,到处都是出征的"战士"和送别的领导。带着一声声"平安归来"和"注意安全",我们登上了飞机,航班号MU5000。

飞机起飞时间是24:00,新旧年交替之际,在起飞时新年进入倒计时,这种人生经历估计只有我们才会有。飞机在轰鸣声中飞上蓝天,带着任务的上海第一批援鄂医疗队踏上征程,战斗的号角吹响。医疗队领队是上海市第一人民医院副院长郑军华教授,组长是周新教授。

1月25日1:30,飞机缓缓降落在武汉天河机场,降落前的细雨在我们出机舱时居然已经停止,这似乎预兆着什么。而此时的

我们，对于去哪里，支援哪个医院一无所知。机场派出三辆大巴直接送我们到距离武汉市金银潭医院（以下简称"金银潭医院"）600多米的万豪酒店，我们先到房间休整。1小时后行李和各自带来的防护物资被送到酒店，凌晨4点的酒店大堂仍然是人声鼎沸，气氛紧张，肾上腺素分泌让大家似乎忘记了疲倦。

武汉冬天的夜很冷，这时候的我们才知道接下来的工作将要在金银潭医院展开。为了让大家好好休息，郑军华领队协调让大家上午休息，下午1：30集合开会，布置工作。

1月25日13：30，会议准时召开。在去会场的路上，我们发现从酒店望出去金银潭医院一眼可见，可是宽阔的马路上空空荡荡，红绿灯在按时翻动，只有挂在路灯杆上的红灯笼提示这是新年，而今天正是大年初一。

会议开始，郑军华领队提出，为保证医护人员零感染，奔赴一线前须进行高等级的专业防护培训。今天，由北京地坛医院感染科的蒋荣猛主任讲解新型冠状病毒感染的肺炎诊疗和医院感染控制，中南大学湘雅医院吴安华讲解新型冠状病毒感染防控。

听完课，了解完金银潭医院防控情况的郑军华领队带来了金银潭医院的张定宇院长。张院长向我们介绍了他们医院的情况、病人收治状况以及目前他们的困难处境，并对上海医疗队的到来表示感谢和欢迎。

接下来郑军华领队介绍金银潭医院专门开辟的新病房楼，四、五两层由上海医疗队主管，二、三层由陆军部队医院主管，因为目前呼吸机等配备尚不足，病房目前以轻症病人为主，明早进行病房排班分组等工作。

郑领队又介绍了目前工作中碰到的困难和一些突发事件，提出要加强组织建设，建立临时党支部，不忘初心、牢记使命；提出要加强物资的管理，进行物资统计，统一管理，强调原则上集中采购物资；提出工会组织、落实医务工会对大家的关心支持，对医护人员家庭成员的关心；提出要加强宣传工作，要及时总结工作中的经验教训。

最后郑领队鼓励大家：任何困难都能克服，要有勇气，要有攻坚克难的决心，团结一致，以饱满的精神、昂扬的斗志进入战斗。

郑领队说，作为第一批援鄂医疗队的成员，我们出发时，各医院领导前来送行，电台报纸都把大家当作英雄，但我们要保持冷静的头脑，我们只是做了自己该做的事情；临时党支部要关心每一位队员的思想情况，做好思想工作，掌握每一位队员的精神面貌。

会议的最后，国家卫健委副主任王贺胜来看望大家，做了热情洋溢的讲话。王主任要求大家要有自我保护意识，先休整，养好身体。只有保护好自己，才能更好地服务病人。王主任给上海医疗队提出一个目标，打胜仗是应该的，要科学施救。鼓励大家要有信心，大疫当前，医疗队会越来越多，各项工作会越来越完善，我们要有信心，因为我们有中国共产党的领导，有社会主义制度，有政治优势，有"全国一盘棋"的优势，我们有信心打赢这场仗。

会后，郑领队和医疗组各正副组长开会，商讨下一步工作计划、分组情况等。仁济医疗组回房间清点了一下战略物资，在房间里休整，同时向远在后方关心我们的医院、科室领导汇报工作。

晚上，看视频，学习隔离、消毒、穿脱防护服……接下来，好好休息，养精蓄锐，明天，准备迎接战斗。

防护再培训，一切为了安全！

> 由于这里病人病情较重，很多需要有创呼吸，但因为监护室没床，所以只能暂时留在重症病房。防护措施建议提高到三级，在防护服外面再穿隔离衣。

1月26日上午9点，郑领队、各小组组长、护理组长和感染科的老师进入金银潭医院踩点，我们医疗队其他成员继续学习相关知识。

1月26日下午1点开会。郑领队表示，目前有很多病人需要住院隔离治疗，需要大家尽快投入工作。医院把北楼的二、三层移交给上海医疗队，我们也需要尽快投入工作。根据郑领队的介绍，北楼二、三层是规范的传染病病房，有成熟的消毒、隔离措施。二层是普通病房，收治30位确诊的轻症患者，以服药为主；三层（以下简称"北三楼"）是简易的重症ICU病房，目前收治27位病人，其中15位是无创呼吸机辅助病人。三层病人的病情比较重，随时都需要气管插管和切开气管，但这些操作会转到中心ICU进行，因为目前这里的物资配备尚不足。虽然防护措施基本到位，但是部分操作装置还没到位，郑领队要求大家先把自己保护好，要统一使用带来的物资，缺什么先统计，医疗队有上海作坚强的后盾。

接下来的议程分三个部分，分别是医生组分组分工、护理组分工，最后是穿脱隔离衣的演示和培训，并通知会议结束后今天值班的一部分人员需到岗上班，由金银潭医院相关人员辅助、监督穿脱防护服，做好隔离工作。

医疗组组长周新主任介绍了病房的情况，我们了解到，重症病房的工作任务比较艰巨，需要监护室和呼吸科的医生，周新主任和陈德昌主任会带大家统一熟悉重症病人。会后，十位白班医生和三位夜班医生先行熟悉情况，学习 HIS 系统操作等。由于重症病房情况相对复杂，排班三天一排，根据变化随时调整。周主任介绍了工作时间、换班流程、查房制度等事项，并再次叮嘱大家做好防护工作。

医疗组副组长陈德昌主任介绍了重症病房的病人情况，由于这里病人病情较重，很多需要有创呼吸，但因为监护室没床，所以只能暂时留在重症病房。防护措施建议提高到三级，在防护服外面再穿隔离衣，堪比埃博拉病毒的防护级别。陈主任还告诉大家，病毒传播的途径除了飞沫和接触，还有空气（气溶胶），所以一定要注意好防护。

接下来是护理组相关事项的传达，关键还是防护。

郑领队向大家强调了注意事项：① 正确面对疫情，防护非常重要，物资统一安排，相信党、相信制度优势，问题一定都能得到解决；② 发挥上海优势，发扬上海精神；③ 科学地应对，尤其要关注医疗安全，发挥团队精神和专家云集的优势；④ 大家团结一致，互相配合。最后郑领队提醒大家一定要尊重酒店的工作人员，尊重金银潭医院的各位工作人员，尊重他们的劳动。告诉大家稳定情

绪，相信当地医院、当地政府。我们有明确的任务，我们也要安全地完成任务。

中午在酒店的中餐厅进食盒饭，大多数人是站着吃完饭的，条件似乎有点艰苦。

总结今天的培训和会议，就是：工作任务不轻，安全第一，我们一定要圆满地完成任务！

上海是我们的坚强后盾

> 武汉的天灰蒙蒙的，又湿又冷，空气中似乎笼罩着一丝阴霾，这样的天气确实不利于病毒的灭活。

1月27日早上6点，天还没有亮，闹钟铃声就准时响起。群里通知今天上早班的北三楼重症病区医生7:30在楼下集合，然后一起出发赶往金银潭医院；而同宿舍的护士需要7:00就赶到医院上班。

从下榻的酒店赶往金银潭医院的路上空荡荡的，除了我们这十多个匆匆走过的医生以外，没有一个行人。武汉的天灰蒙蒙的，又湿又冷，空气中似乎笼罩着一丝阴霾，这样的天气确实不利于病毒的灭活。我们跟随郑军华领队、周新主任、陈德昌主任一起到了北三楼的重症病房，进入病区外面的医生办公室，开始了忙碌的工作。

武汉当地的医疗设施确实比较简陋，而当地的医护人员已经在这样的条件下艰苦支撑了整整一个月。因为没有白大褂，所以我们无论男女，都穿上了护士服。各种各样的身材套进比较修身的护士服里面，显得有点滑稽，这也是少有的让大家露出笑容的一刻。由于疫情防控形势十分严峻，大家换上工作服后就马不停蹄地开始交班。目前，病区里的29位病人大部分都是上呼吸机的重症病人。昨天的夜班很忙，病区里一位危重病人在昨夜因为抢救

无效死亡了,这让我们都倍感压力和责任。

简单的交班以后,全体医生讨论了病区内收治的危重病人的救治方案和目前工作中存在的问题,并对下一步的工作安排进行了布置。接下来是分组查房,我们第一组由陈德昌主任带领。手消毒、戴帽子、戴口罩、戴鞋套、戴手套,然后手消毒、穿一次性防护服……一整套防护流程要花20分钟左右。

我所在的小组负责重症病房的三个房间,一共10个病人,全部都是上无创呼吸机的病人。有一位病人似乎已经知道上海的专家会来这里负责他们的诊治,所以抱着很大的希望。他说,他在这边已经待了好几天,但是感觉还是没有好转,希望上海医护人员能救救他。我们对病人的情绪进行了安抚,让他对治疗要有信心,要相信自己能够顺利康复。同时,大家根据病人心电监护仪上的参数,对呼吸机的参数进行了一些调整。查房过程中,我们遇到的每一位病人都是重症患者,唯一的区别只是程度不同而已。还有一位不知姓名的病人是昨晚的值班医生收的,送来的时候因为低氧,所以神志不清。经过夜班医生一夜的抢救,她已经基本恢复清醒,并能够回答我们的一些简单提问。寻找其家属的工作也在紧张进行中,一刻也不能松懈。

查完房,接下来又是一整套繁琐的脱防护服的流程。回到办公室,我们在陈德昌主任的带领下对一些危重病人的治疗方案进行了相应的调整。其间,不断有护士向我们通报病人的病情变化,需要及时处理。工作很多,为了节省时间,大家都不敢喝水,也不敢吃东西,尽量减少上厕所的时间。忙忙碌碌中,时间过得很快,不多时,中班医生就来接班了。在对中班医生进行了详细的交接班及操作系统流程的简单培训后,终于,我们可以平安下班了。

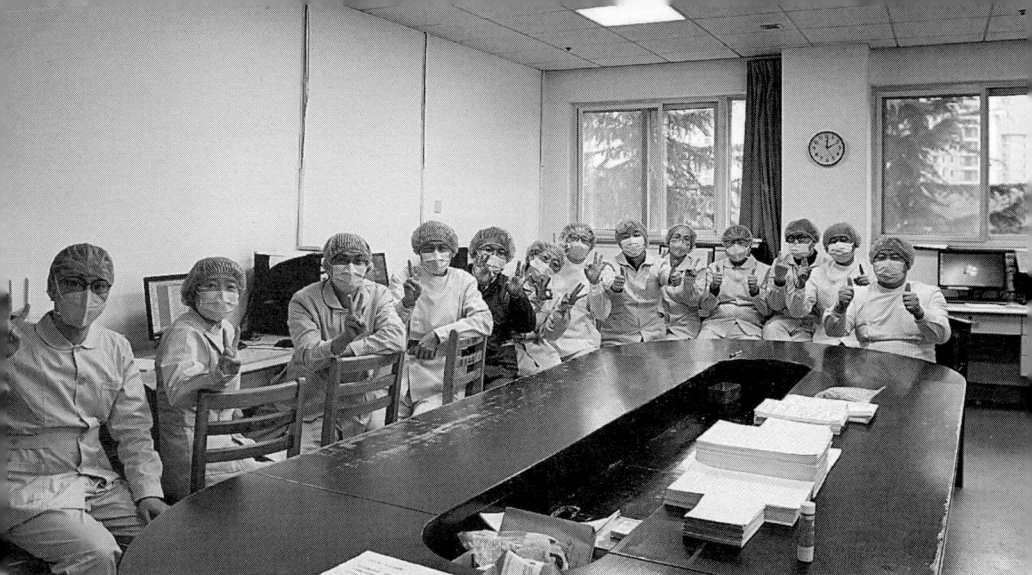

第一次交班后大家的合影（每人的手势数字代表他的组别）

回到酒店，需要在门口消毒后才能进入，还需要测量体温。回到房间的第一件事是洗头洗澡，进行一次彻底的消毒。之前我们的物资相对缺乏，所以有很多热心群众给我们送了很多吃的、用的。非常感谢大家对上海医疗队的热情帮助，解决了我们的后顾之忧。听说李克强总理也到金银潭医院慰问一线的医护人员了，虽然我在工作中并没有见到，但心是暖的。仁济医院的领导和同事们也非常关心我们，大家纷纷鼓励我们，叮嘱我们注意身体，平安归来。这也令我们十分感动。

国家对这次抗击新冠肺炎疫情十分重视，对医护人员的保障和医疗物资的供应十分关心。这让我们从心底由衷地感到踏实和温暖，也对未来的医疗援助工作充满了信心。

一方有难，八方支援。上海是我们的坚强后盾。虽然条件艰苦，但是相信在上海乃至全国人民的支持下，我们一定能够不辱使命，不负重托，打赢这场疫情防控的战役，践行新时期白衣战士的神圣使命。

昨天李克强总理看望我们

> 我们的7床是位中年男性，病情危重，电话中他的爱人说，她不怕感染，希望能够陪在病人身边。

今天是援鄂第4天，工作逐步进入正轨。

昨天李克强总理来看望大家，虽然因为在岗位上没有机会看到总理，但是我们的医疗物资真的逐渐丰富起来了，终于可以大显身手了。

今天我还是白班，下班的时候，副组长统计了一下本组病人情况。现在整个病区有近30位病人：极重的占85%以上，剩下的都是重症。工作压力依旧很大。目前，医疗队希望能够进行气管插管等一些操作，尽更大努力挽救病人的生命。然而，我们面临的现状是，由于操作设施尚未完全到位，这些操作还不能毫无顾虑地进行。

今天早上，陈德昌主任要求我们学习气管插管和深静脉穿刺，希望除了监护室的医生，呼吸科医生也能随时上岗。最让我敬佩的是组长周新主任，他说，如果防护到位了，第一例插管，他来做！

今天查房后跟病人家属电话汇报情况，进行医患沟通，也感受到了社会百态：我们的7床是位中年男性，病情危重，电话中，他的爱人说，她不怕感染，希望能够陪在病人身边；也有病人家属接电话后告知自己也在隔离；还有的家属不想增加患者痛苦，放弃抢救；更有家属因为患者关机，联系不上病人，投诉到医院……社会百态，人间冷暖。

　　总之，这些工作上的困难打不倒我们医疗队的援鄂初心。回到酒店，晚上7：30将举行医疗队第一次党员大会，主旨是"不忘初心，牢记使命""只争朝夕，不负韶华"。上海医疗队时时处处体现了工作、思想两手抓。有这样的组织保障和工作方式，我觉得再大的困难终能被克服，希望越来越多的患者可以平安康复。

上海第一批援鄂医疗队临时党支部全体党员第一次会议

有爱作后盾，终会"守得云开见阳光"

到达武汉以后，我已经连续接到多个电话，有来自申花的，有来自上海交通大学研究生会的，也有各公司的负责人……不约而同地，他们都表示如果前线需要什么物资，一定会想办法给我们寄来。

1月29日是我们援鄂的第5天。武汉终于见到太阳了，不过可能由于空气质量不太好，不知是雾还是霾，远远望去，总觉得隔着一层面纱。但这久违的放晴，让我有一种"守得云开见阳光"的感觉。

今天是中班，所以上午的时间可以自己支配，我就去帮助接收各地发来的补给物资。今天有两批物资先后到达。其中一批是仁济医院第二批援鄂医疗队给我们带来的五大箱补给物资，以生活用品为主。仁济的同事们知道武汉天气寒冷，所以给我们买了保暖内衣和羽绒背心、暖宝宝，还包括之前漏带的一些药品。我们第一批出发时比较匆忙，缺乏的物资很多，因此第二批的同事们除了携带自己的行李以外，还要帮忙给我们带物资。真的非常感谢他们以及医院的领导。另一批物资则是社会爱心人士给予我们的援助。正月初一到达武汉以后，我就接到了妇产科林建华主任的研究生缪慧娴医生的电话。她说，有一位张女士是我们以前的病人，她得知我们要到抗击疫情第一线，非常感动，很想为我们的医疗队提供一点帮助。当她知道我们缺乏防护物资后，通过多个渠道打听并紧急购买了1 200个N95口罩和200个护目镜，分批送来。本来她还采购了防护服等其他物资，但因为批次和规格等问题，无法进入国内。今天N95口罩就要到了，后续的200个3M护目镜也已在物流途中，我们缺少装备的窘境终于有望得到缓解了。

其实在到达武汉以后，我已经连续接到多个电话，有来自申花的，有来自上海交通大学研究生会的，也有各公司的负责人……不约而同地，他们都表示如果前线需要什么物资，一定会想办法给我们寄来。中国人民在疫情面前的爱是无私的。虽然我们身处前线，但是身后有全社会这个坚强的后盾。

医生办公室的墙壁上贴着"武汉加油"的标语。我在这里拍

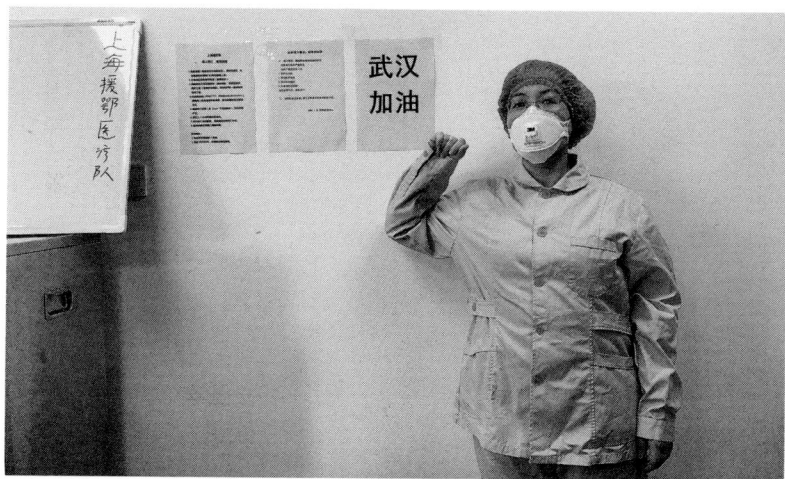

在"武汉加油"旁表决心的我

了一张照片，再一次坚定了自己与疫情战斗的决心。

上中班后，我换上防护服，先在病房查看一圈，询问病人的病情，安慰、鼓励他们。然后，我们三个小组很快开始了新一轮的忙碌：根据病人的病情变化及时处理，开医嘱，归纳总结病史，了解病人的病情和新拍的胸片……由于防护措施到位后要准备对危重病人进行气管插管，其间气管镜等必备设施也被送到病房。

晚上回到酒店已近9点，又是一番清洁消毒。由于上班过程中的8个小时没有喝水，我需要补充大量水分。等完全空闲下来，已近10点，我在朋友圈发了消息，给家人和朋友们报个平安。这些天，我不知说了多少感谢，大家的支持和关心，是我们坚持下去的精神力量。

明天轮到我值晚8点到早8点的夜班，不免觉得有些压力。自从我的肾脏出了问题，科室领导就再没有安排我值过夜班。但是，我们医疗队中也有很多医生身体不适，有患糖尿病的，也有高血压的，他们能坚持，我也一定可以！

加油！

忙到不知今朝是何日

我们的夜班要上12个小时，医护人员不吃不喝不上厕所，外加夜出班还有大约3个小时的交班讨论、死亡病例讨论，整整15个小时的高强度工作不是常人能顶住的。

1月30日，援鄂第6天。"今天是年初几？星期几？"我问室友，回答是"不知道"。是啊，不知今夕是何年，我只记得我们到武汉已经6天了。翻看了朋友圈，我才知道昨天是年初五迎财神的日子。

室友昨天凌晨2点上夜班，她走的时候我已入睡。我担心室友上班迟到，睡不踏实，夜里惊醒，看时间是凌晨2点多，她的床上已不见人影。她在隔离病房需要待至少6个小时，中间可能会出来一次，但出来就得换防护服。由于资源比较紧张，为了节省防护服，医护人员一般都不吃不喝不上厕所。而下班时，脸上也会被N95口罩和帽子压出深深的痕迹。

上班前室友说希望她的病人都能康复。然而不幸的是，今早起床，我在医生群里获悉，她的一个病人过世了，她需要处理后续工作。我真的很为她揪心：这个年轻的姑娘不是共产党员，只因为湖北是她的家乡，只因为她选择了护理这个职业，在接到援鄂通知后义无反顾地主动请战。她一到武汉就在朋友圈里把父母屏蔽

了，她不想让他们担心。

中午，我从小组群里看到，因为病人的过世，我们小组的组员被组长批评了。我越加理解领导们也和我们一样顶着巨大压力。我们的夜班要上12个小时，医护人员不吃不喝不上厕所，外加夜出班还有大约3个小时的交班讨论、死亡病例讨论，整整15个小时的高强度工作不是常人能顶住的。我们所有人的工作目标是一致的——穷尽一切可能挽救尽可能多的生命，但是……

在这次援鄂抗疫中，很多同志都带病工作。我们的刘组长两个月前诊断出患有糖尿病，在饮食上格外小心谨慎。他刚到武汉的那两天，担心血糖控制不好不敢吃东西，吃饭时必须先找水吃药，不然根本不敢吃饭。

下午，我们收到了从上海送来的军大衣。上海市发改委、上海市粮食和物资储备局给我们送来了很多件军大衣，让我们这些奋战在抗疫一线的医护人员感到分外温暖。前来运送物资的司机师傅开着集卡不远千里而来。我们让他休息一会儿，他的回答是"还要去其他医疗队送衣服"。

千里而来，为我们送军大衣的司机师傅

值得庆幸的是，晚上我从群里得到消息，我们的死亡病人讨论和疑难病人讨论会放在下午，这样就可以减少夜班工作的时间，看来领导还是很关心我们的，不断在调整上班模式。

我需要好好休息，迎接夜班，希望夜间一切顺利。

人生第一次戴着口罩睡觉

不幸的是，她在清晨7:30还是走了。当我打电话通知她的爱人时，一个大男人在电话中哭了。

1月31日，援鄂第7天。昨天夜班，今天一觉睡醒已是黄昏。夕阳西下，希望它能带走笼罩在武汉上空的阴霾。

昨晚8点接班，我换好衣服，戴好口罩、帽子，进行中夜班交接班：填报传染病卡、打印病史、写病历、处理病人……办公室空荡荡的，只剩下我们三名值夜班的医生。两个取暖器同时打开，也赶不走武汉夜间的寒冷。凌晨，我们第二组的值班医生去休息了，他的病人相对稳定。我和第三组的医生留在办公室继续战斗。凌晨2:30左右，我们组的5床病人——一名50多岁的女性出现了血压下降，我们赶紧处理，所幸病人最终好转，我们也松了一口气。情况稳定后，我想休息一会儿。担心病人再有情况发生，我戴着口罩，穿着厚重的棉大衣，坐靠在办公室的椅子上休息。这是我人生第一次戴着口罩睡觉：在安静的环境下，我能清晰地感受到自己的每一次心跳和呼吸。我的心跳很快，呼吸有点累，因为每一次喘气我都需要费力。我想到那些躺在病床上的病人，只要意识清楚，他们该有多痛苦啊。恍惚之间，我特别想念不戴口罩自由呼吸的

日子。

早上6点不到，我从疲惫中清醒过来，刚刚准备写交班记录，突然5床病人的情况开始恶化：其实她的情况一直不太乐观，在我们接手前，她就出现了DIC（弥散性血管内凝血）的表现。我们输血、输血小板、输冷沉淀，调整药物，在家属能接受的范围内的各种治疗都用了，我们预料到了她的结局，也第一时间告知了家属。现在我尽最大努力救她，能用的抢救药物如肾上腺素、阿托品、碳酸氢钠等都用了，呼吸机参数也调整到了最大可能。

不幸的是，她在清晨7:30还是走了。当我打电话通知她的爱人时，一个大男人在电话中哭了……他询问能否见病人最后一面，并且留下妻子的手机做个纪念。我不确定在这特殊时期他的要求是否能够得到满足。我很想安慰他，但这时候任何话都很无力，再说下去我的泪水也快止不住了。我只能匆匆挂上电话。

交好班，我还有一些工作没处理完，只能交给白天的同伴。换好衣服回到酒店，已是上午9:30，太阳已高挂天上。我穿着厚重的军大衣，浑身冒汗。我赶在最后时间段吃完早饭，才想起群里通知今天是最后一天打日达仙了。这是我们组程医生的一个朋友的朋友捐助给金银潭医院的，一共1 400支，每支500元左右，医院分给我们上海医疗队400支，用来增强一线医护人员的免疫力。

后续物资还在调配过来的路上，医疗队群里呼吁，如果自己有物资尽量自带。我带的是朋友捐赠的带呼气阀的3M口罩，我同时以仁济医院的名义捐了4箱给上海援鄂医疗队。

我翻看手机，看到今天凌晨世界卫生组织宣布中国新冠肺炎疫情构成国际关注的突发公共卫生事件。虽如此,我坚信我们不会退缩,我们一定会齐心协力,众志成城,尽最大的努力打赢这场防疫战,把疫情对我们国家造成的损失降到最低。

病毒无情人有情！

我今天早上在餐厅碰到他，他刚刚值完夜班，已是一脸憔悴。短短几天，他已经工作了40个小时。

2月1日，援鄂第8天，武汉的天气晴转多云。

今天是彻底休息的一天，我可以放松一下心情，活动一下僵硬的关节。

我在酒店房间里来回踱步，活动活动筋骨：从门口走到窗边的沙发处，步子大点13步，小点15步。因为距离太近，跳操是跳不动了，来回活动头有点晕。但目前只有在房间里活动不需要戴口罩，出了房间门，哪怕在酒店行走都需要戴口罩。为了不浪费我们的口罩，我还是选择宅在房间。

今天上海市卫健委紧急调拨的医用防护用品即将送达。昨天朋友圈的一封"求援信"引发了大家的关注，很多朋友为我们担忧，纷纷联系我，要为我们提供援助。

按照郑军华领队的要求，我们上海医疗队采取了最高级别的防护等级，尤其是进入污染区的医护人员，对防护用品的需求更大，所以我们比较缺物资，所幸上海市马上就给我们送来了物资，解决了我们的燃眉之急。

下午，北三楼医生群发布了一个消息：在防护措施到位的情况下，第一例气管插管成功完成了。后续的ECMO（即体外膜肺氧合）技术也即将上位。群里在呼唤熟悉ECMO操作的护士。我们仁济医院监护室护士吴义三是一名具有丰富经验的ECMO带教老师。在接下来的日子里，他将面临更繁忙的工作。

我今天早上在餐厅碰到他，他刚刚值完夜班，已是一脸憔悴。短短几天，他已经工作了40个小时。他说，他已经接到电话晚上要去加班做特护，管ECMO病人了。这意味着他要连续上两个高强度的夜班。对于他的忙碌与憔悴，我感同身受。后续他还会更忙。真希望他在坚持工作的同时，也保重自己的身体！

今天是上海市奉贤区中心医院的蒋惠佳老师的生日。晚上7点，休息的医护人员在酒店餐厅为她庆祝生日，大家一起分享了

蒋惠佳生日会

她的生日蛋糕,陪她度过了一个难忘的生日。借用队长助理张明明老师的一句话:"虽然没有篝火,但我们可以用手机为她照亮整个夜晚;虽然没有动人的音乐,我们的歌声就是那最美的音符。"

病毒无情人有情,我们第一批援鄂医疗队是一个温暖的集体,有一心为队员着想的领队,有永远冲在第一线的组长,有齐心战疫的医护人员,有认真负责的后勤保障老师……在病毒面前,我们无所畏惧。

上海医疗队完成首例气管插管和ECMO操作

病房的环境越来越干净，墙上贴了很多操作流程和联系电话，方便大家及时沟通和规范操作。隔离病房和医生办公室也可以通过手机联系，这样病房里的信息随时都能通过微信以图片的形式发出来。

20200202，是个充满爱意的对称日：武汉，爱你！上海，爱你！中国，爱你！今天是援鄂第9天，天灰蒙蒙的，下起了小雨，但我的心依旧热忱。

昨天陈德昌主任带着我们队几位ICU专家，在隔离病房坚持了几个小时，完成了上海医疗队在武汉的首次气管插管和首例ECMO（即体外膜肺氧合）操作，我深深地为上海医疗队感到自豪！

ECMO操作对医护人员有更高的防护要求：所有人进入隔离病房都必须戴上护目镜。

我们组昨天又转来一位危重症的新冠肺炎病人，才44岁，但病情很重。熊维宁主任表示，如果病人病情有变化，需要插管，通知他，他来插管。作为我们三楼重症组的副组长，熊主任一直都率先垂范！

今天查房班，在防护物资相对紧张的时候，我的任务是协助

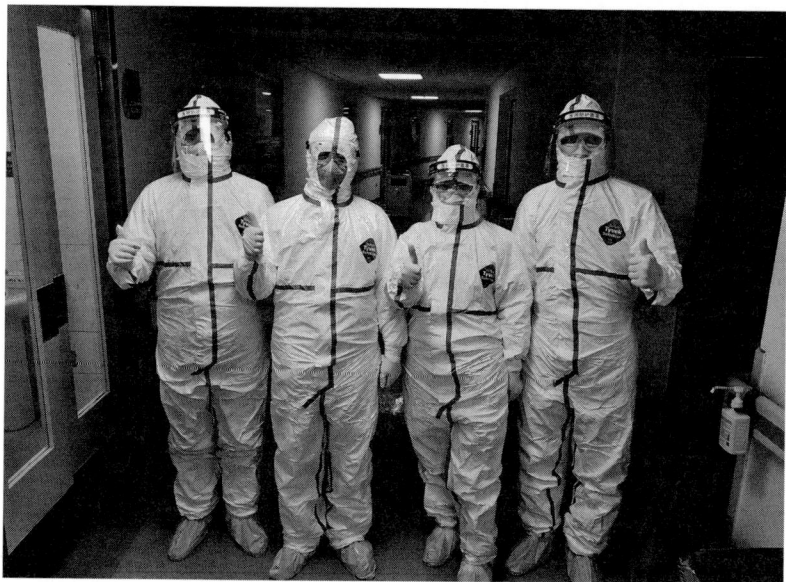

加油！加油！

白班的医生完成文书工作，不用进隔离病房。病房的环境越来越干净，墙上贴了很多操作流程和联系电话，方便大家及时沟通和规范操作。隔离病房和医生办公室也可以通过手机联系，这样病房里的信息随时都能通过微信以图片的形式发出来，减少了医生穿脱防护服的次数，有效减少了资源的浪费，病人的病情变化也随时能够直观地传送出来，方便大家群策群力。集体的智慧是无限的。

下午，我们第一组小组群里又有了一个消息：我们的19床患者因为疾病而烦躁，扯掉了自己呼吸机的面罩，并且一把抓住护士的防护服。这是一件很危险的事情。如果防护服被撕破，医护人员暴露于污染区，极有可能也会被传染。庆幸的是，今天护理他的是位男护士，体格比较健壮，穿的刚好是质量比较好的黄色防护服，加上病人由于生病时间长，没有多少力气，最终才没有发生意外。六名医护人员见状及时去帮忙，才让他安静下来。

确实，在ICU的病人很多会有疼痛、焦虑、躁动或者睡眠障碍等心理障碍。前几天，这位病人就表现出了焦虑和躁动，我们也给他用了抗焦虑和镇静的药物。但因为病情的变化，病人血压下降，我们就减少了剂量，万万没想到会发生这样的事情。

接下来我们需要跟小组ICU的汪伟老师好好学习ICU镇痛和镇静治疗，以缓解病人接受治疗时的焦虑症状。我们需要考虑一个安全的用药方法，既不能影响病人的呼吸和血压，又要保护医护人员的自身安全。毕竟这里是传染病房，这份挑战着实考验着我们所有人。

多日奋战，终于看到一丝丝曙光

一整套的操作做完，等脱下防护服，换上新的口罩和帽子，已是下午1点。我们每个人浑身上下，从头发到衣服都已全部湿透，紧贴在身上。

2月3日是我援鄂的第10天，今天是白班。

早上交班快结束的时候，周新教授突然问了大家一个问题："你们知道转病人的流程吗？"大家面面相觑。回想起来，似乎到目前为止，只有别人不断地往我们病区转入危重病人，我们还没有转出过病人。周教授为我们详细讲述了转运病人的流程，然后说："很快大家就会用到了。"这简单的一句话，包含了太多的积极信息，让大家本已十分疲惫的身心一下子振奋了起来。

因为病区里有上ECMO（体外膜肺氧合）的病人，大家纷纷提出，让陈德昌教授给大家培训ECMO的知识。毕竟我们之中除了ICU（重症加强护理病房）的医生，还有很多呼吸科的医生，大家对知识的渴望是一致的。

护士长说，他们护理团队已经开始ECMO护理带教，否则ECMO专科护士太辛苦。我突然想起来自我们仁济医院ICU的吴文三护士，就是一位ECMO专科护士，他上班的强度真心让我们心疼。虽说能者多劳,但也要注意身体啊!

对上了ECMO的病人进行治疗时,单用一次性面屏是达不到防护要求的。所以进入病区前,我们都被要求戴上护目镜,然后再戴一层一次性面屏。为了减少雾气,在戴护目镜之前,要用碘伏湿润一下镜片,所以我们的护目镜都是黄色的。一套流程下来,足足花了半小时。碘伏的刺激性气味、两层不透气的防护服、N95口罩外面加上两层医用外科口罩,还有相对模糊的视野,让穿戴上全套装备的我们在工作的时候无比费力。

进入隔离病房,发现之前刚空下来的4床已有病人转入。这是一位30多岁的年轻女性,急促的呼吸,快速的心率,又是一个危重病人。经过讨论,陈教授决定给她进行气管插管,由我做陈教授的助手。忐忑的心情,闷热的防护服,还有忙碌的插管前准备工作,很快,我就全身汗湿。

一整套的操作做完,等脱下防护服,换上新的口罩和帽子,已是下午1点。我们每个人浑身上下,从头发到衣服都已全部湿透,紧贴在身上。此刻,我真的十分佩服那些长时间在隔离病房工作的护士们,真的很辛苦! 我问过之前参与上ECMO的同事是什么感觉,他的回答是:"中暑。"

吃饭是肯定没有时间了,体力大量透支之后也没有胃口吃饭。下午4点,我才从高强度工作后的疲劳中缓过神来,终于有胃口吃我的午餐。

就在这时,群里有好消息传来:29床的病人要转到轻症病房去了。经过这些日子的积极治疗,他的情况已经明显好转,不吸氧也能维持95%的氧饱和度了,而且一次新型冠状病毒核酸检测呈

阴性,激素和抗生素治疗也停了。只要再测一次核酸呈阴性,他就可以康复出院了。难怪我查房的时候,他还向我们表示了感谢,说要给我们医疗队写感谢信。

今天是无比充实的一天,也是无比透支的一天。从如饥似渴的求知到"中暑"式穿戴,从为病人气管插管到好消息传来,一次次的辛勤付出让我终于看到了一丝丝胜利的曙光。

没有一个冬天不能逾越

早在一周前，酒店已经采取了自助式服务，卷纸、抽纸、饮用水都放在电梯口，按需自取。

2月4日，立春，援鄂第11天。

第一批上海援鄂医疗队开了个"蒋Tony援鄂理发快闪店"。免费！但是需要自带剪刀。从进入武汉的第一天起，我们医疗队就有女医护人员纷纷剪短了三千烦恼丝。壮士断腕，战士断发！表达的只是我们勇往直前的决心。长头发难打理，容易污染，好多医护人员只能狠心剪短了头发。特殊时期，没有理发店开门，我们的医护人员就自己动手，丰衣足食，这其中尤以

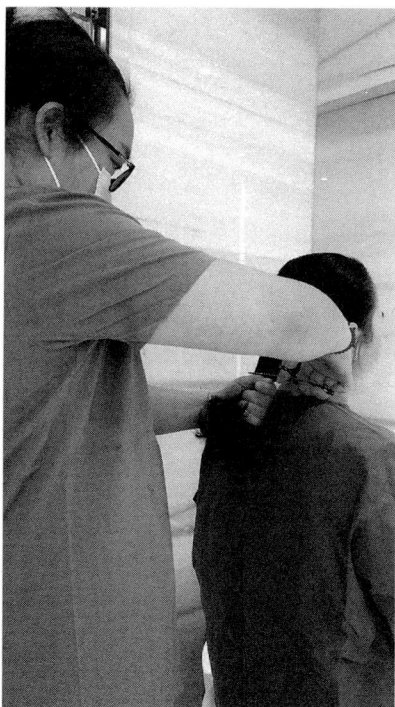

Tony老师在帮大家理发

"王老师"和"蒋Tony"最为能干，一个剪长发，一个剪短发，为了更好地服务大家，她们甚至购买了推子，准备为男士们服务。看样子她们准备把"美发事业"坚持下去喽。

今天下楼吃早饭，发现每个电梯轿厢和一楼的电梯门口都放了纸巾盒，上面写着"一次性按电梯按钮专用纸"。酒店已是满负荷运转，工作人员、卫生人员严重不足，而住在酒店里的医护人员都是从金银潭医院下班归来的，防护必须更到位。早在一周前，酒店已经采取了自助式服务，卷纸、抽纸、饮用水都放在电梯口，按需自取。洗护用品也发到每一个房间，房间一周打扫一次，餐厅门口放着消毒洗手液，进来、出去都要自己手消毒……一系列的操作可以减少工作人员和医护人员的接触，从而保证各自的身体健康。

今天中班，6小时的不吃不喝不上厕所还能坚持。虽然勉强能承受自己的身心疲惫，但对病人和家属的感同身受总让人心情沮丧。我们的6床是一位中年男性，他的家属打来电话询问病情，我告诉她病人情况不太好，出现了多脏器功能衰竭。打电话的是病人的姐姐，她的母亲也在金银潭医院接受治疗，她希望我们能尽力抢救6床，我委婉地告诉她要有思想准备。

我们的5床走了，走得很快，当听到电话那头家属哽咽的哭声，我的心都要碎了。60岁的女性，直肠癌手术后感染了，没有死于癌症，却被这可恶的新冠肺炎带走了生命，电话那头，她的丈夫哭着问为什么、为什么。可是他住在另一家医院，也被隔离了，无法来见她最后一面，他们的女儿女婿在杭州，也无法赶来，最后只能委托一位亲戚帮忙办理相关的事情。在这场新冠肺炎疫情中，有多少家庭经历了这种伤痛啊！

　　下班的路上,酒店边上的武汉客厅灯火通明,回到酒店,看了手机,才知道武汉市连夜建了三所方舱医院,武汉客厅将开放2 000个床位收治轻症病人。酒店距离金银潭医院步行只要10分钟,距离武汉客厅5分钟都不到。队里给我们规划了路线,绕开武汉客厅去上班,也通知客房关上对着武汉客厅的房间窗户。

　　今天是立春。没有一个冬天不能逾越,没有一个春天不能抵达! 春天到了,夏天还会远吗? 期待欣赏武大的樱花,期待武汉街头车水马龙的景象,还要登上黄鹤楼俯瞰长江美景……

我在这里见证中国速度

> 春天真的到了，只见路边枯黄的草丛里已经冒出了丝丝绿意，早樱在树上一半是花骨朵，一半已然绽放。粉红的花，嫩绿的草。

2月5日，援鄂第12天，武汉阳光明媚。

我今天上夜班，从晚上6点一直到第二天早上8点，共14个小时，所以我需要先在酒店好好休息，攒够体力。

房间的窗户关着，但也能听到隔壁武汉客厅（改建中的方舱医院）传来的建筑材料落地的金属声。前些天这里几乎没有人烟，现在远远看过去，人头攒动，车辆穿梭，一下子热闹了起来。

中国人民是多么的勤劳和勇敢啊！我们可以在十多天里先后建成火神山医院、雷神山医院。现在三所方舱医院也在紧锣密鼓的筹建中，专门用以集中隔离和收治轻症病人，最终阻断传染源。我在这里见证了中国速度，也见证了中国民众众志成城的决心。

吃过午餐，我想到酒店外面好好晒晒太阳。春天真的到了，只见路边枯黄的草丛里已经冒出了丝丝绿意，早樱在树上一半是花骨朵，一半已然绽放。粉红的花，嫩绿的草……原来春在枝头已十分，我一下子满心欢喜起来。

见到了春的使者

　　午饭的时候，发现不仅多了陆军部队的医务人员，又多了许多警察，估计改建中的方舱医院也需要许多警察同志出任务吧！

　　午餐之余，又跟仁济医院在武汉三院援助的同事余跃天医生聊了一会儿，得知他们也特别特别辛苦。他昨天上白班，从早上一直忙到晚上10：30，而中间他只有空吃了一顿早饭。高强度的工作压力和精神压力，让他食欲变得很差。十几个小时下来，他的脸上已被N95口罩压出深深的压痕，鼻梁上已有了压疮。今天他也是夜班，但他今天白天还是赶去了医院，完成他昨天没有完成的事情。他说今早有记者采访他的时候，他忍不住掉了眼泪，不为自己的辛苦，只为武汉人民经历的痛。

　　今天他要上12个小时夜班，我是14个小时的夜班，我们互相为对方打气，祝愿对方好运。守望相助，我们一起在武汉值夜！

2月

6

整个社会都在支持我们！

到达武汉后，我的睡眠已经碎片化，但至少碎片化的睡眠让我不觉得累。

2月6日，援鄂第13天，武汉，春雨蒙蒙，早春的天有些冷。

昨晚6点开始夜班，今早快10点回到酒店，近16个小时的夜班，估计是我有史以来最长的夜班，而且是个不吃不喝的夜班。

夜班的前半段时间在无比忙碌中度过。收病人、写病史、整理之前死亡病人的病史……很久没做这事了，有点陌生，把一张张化验单打印出来，贴好，再填写病案首页。在这里，你需要身兼数职，你既是给办公室消毒的保洁员，又是住院医师，也是主治医师……郑队在我们开始进入病房工作的时候就强调，在医疗管理中，一定要严格按照18项核心制度来进行，而病历书写就是其中的重要一项。

凌晨的时间比较难熬，我们值班的四名医生中估计我的睡眠还是不错的，我至少还能靠在某个地方眯一会，稍稍缓解疲劳。

到达武汉后，我的睡眠已经碎片化，但至少碎片化的睡眠让我不觉得累。而我们组的李医生，她白天没法补觉（同房间的姑娘白天休息），夜间靠安眠药才能入睡。

我们组重症病人多,事情也多,我让组员去眯一会儿,主动留守在主任办公室,把对讲机放在附近,随时可以处理病情。这次条件好多了,进去前半小时,先紫外线消毒,然后找个舒服点的椅子,穿上棉大衣,左边有取暖器,右边有负离子消毒机。今天我聪明地穿上了两双袜子,这样子暖暖的,心里的安全感也高了。戴N95口罩7个小时了,勒紧后耳朵疼得厉害,换个外科医用口罩,呼吸也顺畅多了。听着外面滴答滴答的雨声,想想自己还有什么没做完,做几个深呼吸,放松一下心情。护士平均1小时左右呼叫一次值班医生,我可以边碎片化地休息边精神抖擞地处理一些病情。

6点刚过,一起值班的小伙伴都起来了,问了一下,一个说躺着也是一夜未眠,一个说大概只睡着一小时。唉,压力大,睡眠也差啊。大家醒来后一起消毒办公室,给电脑、键盘、鼠标等喷上消毒液,再用消毒棉纸巾擦拭,在墙上的表格里写好消毒者的大名,这也是我们夜班医生需要做的工作,这样可以给当天上班的同事们一个相对污染轻的环境。

8点交好班,郑队告诉我们一个振奋人心的消息,很快我们就会有可视观察装置和智能问诊机器人到位了,昨天又到了300套防护服,我们的装备还是相对充足的。病房里有两个相对年轻的危重患者,为了尽可能挽救他们的生命,需要尽早气管插管。看着周新组长和熊副组长争着插管的样子,似乎给新冠肺炎病人插管是一件毫无风险的事情。今天下午,中央督导组专家会莅临指导,检查我们的工作,感觉队领导们的压力还是很大的。

回到酒店,吃完早饭,洗漱完已是中午11点,还有精神,就大量补充水分,维生素C,茶叶、黄芪……哈哈,我的流程可是一套一

套的。

下午2点醒来，"投喂"时间到了，群里呼唤，喜茶到了，这个在上海要排队很久才能享受的网红现在天天"投喂"给我们，后面还有费列罗的巧克力，还有面巾纸、一次性浴巾套装，还有给女同胞准备的面膜……

我们的后勤保障小队就像田螺姑娘一样：下雨了，房间门口的收纳盒里装好了雨伞；天冷了，我们的秋衣秋裤、棉大衣、军大衣可以按着尺码领到；手干裂了，皮肤粗糙了，可以领到护肤品……我们只是做了自己应该做的，但整个社会都在支持我们，以各种各样的方式帮助我们解决后顾之忧。

有时间刷微信，发现家族群有小朋友给我画了画。没想到还不到6岁的小朋友也会关注这次疫情，也会关注身在武汉的我，这

外甥女的女儿有有的画　　　　工作照原图

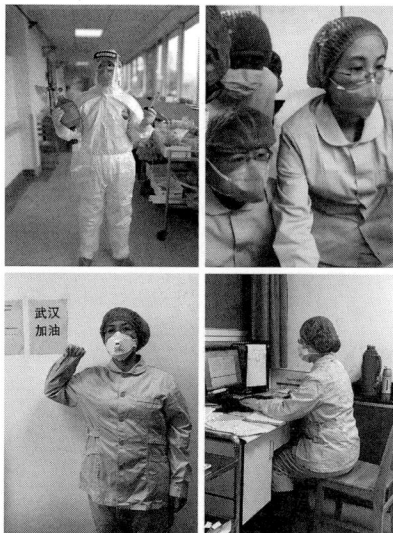

说明我的家人都在后方关心着我,念叨着我。还记得临行前孩子在崇明,她在家庭微信群里用语音关照过我:"小舅婆婆,当心身体,平安回来。"真是一个很暖人心的孩子。画得也很传神,感觉夜班后的自己又满血复活了!

旁边的武汉客厅(方舱医院)已见雏形,外面已建起一排简易板房,雨仍在下,工人们在冒雨劳作,希望风雨过后可以见彩虹。

防护服下的我们也爱美！

今天休息，下午我报名做了一会儿义工，帮忙分发物资，为医疗队尽一份绵薄之力。

2月7日，援鄂第14天，阴。

从昨晚到今天，朋友圈都在为李文亮医生的逝世感到悲哀。李医生是位英雄，但估计他并不愿意成为英雄，只想成为一个幸福的平凡人。

逝者无惧，扛起了责任。我们也是平凡人，而我们要做的是牢记这位"平凡的"英雄，并肩负起我们作为医者的使命和责任，继续砥砺前行。相信唯有坚定信心、凝心聚力，才能共同打赢这场不能输的"战疫"。

昨晚，我从交大医学院得知，一名学生的父亲感染了新冠肺炎。这个姑娘叫小琪，武汉人，寒假期间回到家，她父亲感染了新冠肺炎（好在是轻症，昨天住进了汉口的武汉会展中心方舱医院）。10多天前，小琪本人也开始发烧，胸部CT检查没发现问题，目前小琪已经退热了，除了有点乏力以外，没有其他症状。

我主动联系了小琪，安慰她，给她加油打气，也在专业上指导她。虽然我能做的事情非常有限，但我告诉她，她的背后有整个上海交大医学院的老师和同学们,"我们随时都关注和支持着你,希望你坚强,也非常希望你和你的父亲早日恢复健康"。我相信,经历过这次新冠疫情,她以后也会成长为一名好医生。

吃早饭的时候,遇到我们组夜班出来的刘组长。他告诉我,昨天的气管插管是周新教授做的。周教授今年67岁,是位德高望重的教授,疫情发生以来一直坚持在一线,他的医者仁心让我敬佩。

今天休息,下午我报名做了一会儿义工,帮忙分发物资,为医疗队尽一份绵薄之力。除了医疗物资外,还有很多生活用品。在满满当当的物资里,我看到了上海某集团捐给我们医疗队的2 000多件防护服,我们的防护物资越来越充足了。杭州某热心企业捐

休息时,我担任义工,帮忙分发物资

的护肤用品的盒子上都写着："刻在你脸上的印痕，痛在我们的心里！"万众一心，大家看到医疗队队员每天被消毒液、洗手液、手套中的滑石粉浸泡而粗糙的手，看到我们长时间戴口罩后脸上的勒痕，就给我们送来了许多护肤用品。

在厚重的防护服之下也曾是一张张爱美的脸庞。一个发放物资的小伙伴打趣说："发护肤用品的时候，只要群里一通知，大家有空的，无论男女肯定都来领！"看样子大家对形象的重视是不分时间地点的。

忙完已是下午3点。有好消息，我们可以享受专业"Tony老师"的服务啦。我幸运地成了他在我们酒店理发的第一位客人。这位"Tony"之前就是位理发师，后来开救护车，也算一名医务工作者了。他知道医疗队现在理发困难，便自愿上门给我们理发。他今天上午在其他酒店给30多位医疗队员理发，下午又带着消毒好的理发工具来到我们这儿。他告诉我们，这两天他一直在志愿服务，一天要给60多名队员理发。

理发理到一半，"Tony老师"不好意思地告诉我们，因为忘带理发推子的充电装置，只能给几位男同胞服务（女士是用剪子理发）。没想到，排在第四位的一位陆军队员说他们有充电装置，也有推子，可以拿过来。他说，在特殊情况下，他们军人都是自己给自己剃头的，在头顶扣个碗，碗外边的头发全部用推子推完，而碗里面的头发自己用剪刀剪短，尽管参差不齐，但戴上军帽就看不出。天哪，我都听得惊呆了。

理完发，我们把"Tony老师"留下来，对他的这份心意表示感谢，酒店也邀请他吃完晚饭再走，顺便再帮几名队员理发，这样我们队里的"女Tony"暂时不用担心她在网上订购的推子迟迟不到了。

深夜,隔壁的武汉客厅(方舱医院)灯火通明,应该已经有病人入住了吧。愿武汉人民好运,愿我们大家平平安安。

元宵佳节倍思亲

医护群里发了一张北二楼轻症病房的患者联名写的一封信，写着："祝上海支援武汉抗疫医疗队全体医护人员元宵节快乐！"

2月8日，援鄂第15天，今天是正月十五。

今年的元宵节虽然没有"火树银花合，星桥铁锁开"的热闹，但这一天也充满了惊喜与感动。

今天是查房班，准时交接班后，我得知各组病床基本已满。病房总是这样，有转到轻症病房的，也有不幸离世的，但只要有空床，立即会被填满。新冠肺炎期间，武汉医院的床位格外紧张。

郑队给大家带来了好消息——我们的查房机器人"小白"到了。"小白"是兄弟俩，从上海远道而来。其中一个在武汉三院的上海第二批援鄂医疗队那边，另一个就留在我们这边，等疫情结束以后它也会留在这里，继续为金银潭医院服务。

"小白"机器人的作用很大：它主要在隔离病房，医生通过它可以在办公室和病人视频、询问病史、聊天、进行心理安慰，对病人的情况有更直观的了解，这样可以减少医生与病人的直接接触，也就能避免防护服不必要的损耗。

另外,5G视频会议系统也到了。队长助理张明明不停地忙碌着调试机器。今天中午我们的可视喉镜也到了,也会尽快安装起来,这样就能更快地用在治疗中。

郑队对大家的工作表示满意,经过半个月的磨合,来自上海52家医院的医生和医生之间,医生和护士之间的关系越来越融洽,大家对这里的工作流程和环境也越来越熟

查房机器人"小白"到了

悉,相关救治工作也越来越顺利,希望我们以后可以做得更好。

一晃已是中午。金银潭医院党委领导带着鲜花和汤圆来慰问我们,他代表医院对上海医疗队提供的帮助表示感谢和慰问。办公室里的医护人员一起情不自禁地唱起了《我和我的祖国》。最后大家一起宣誓:"武汉加油!中国必胜!"余音绕梁,这是我们战胜疫情的决心与誓言。

在回房间的电梯里,我们碰到了一位军人,他正在地上放置一个长方形的盒子。我好奇地盯着看,军人离开电梯,却留下了盒子。我提醒他别忘了拿东西,没想到,人家只是让我不要动他的箱子。"不会是定时炸弹吧。"我打趣说。仔细一看,才发现原来是微生物浓度测量采样器。之前我们一直觉得自己很专业,没想到部队里的军医更专业。酒店住的都是医务人员,每天出入医院,再加

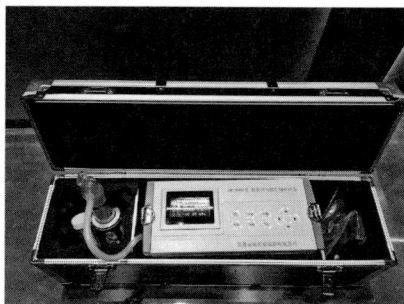

微生物浓度测量采样器

上酒店旁就是武汉客厅（方舱医院），测量酒店的微生物浓度有助于我们及时做好防护，时刻保护好自己。

刚刚回到房间，就看到医护群里发了一张北二楼轻症病房的患者联名写的一封信，写着："祝上海支援武汉抗疫医疗队全体医护人员元宵节快乐！"这是元宵节最好的礼物，代表了病人对我们的信任和祝福。

晚上，我们医疗队又收到了一份意外的惊喜：中国乒乓球队在海外备战2020东京奥运会之余，通过美团为我们送来了热腾腾的饭菜和汤团，并附上了他们的慰问信！慰问信里写着："国乒将士的心永远与你们同在！'抗疫'和东京奥运两个战场我们一定赢！"信的后面附有他们的签名，虽不是原件，但依旧让我们倍感亲切与温暖。

晚上，仁济医院的领导们也向我们表示了慰问，祝福大家元宵节快乐，并转达了上海市政府对一线医务人员工作和生活的关心和慰问。

元宵佳节倍思亲，我想念远在上海的家人和朋友、同事、领导，也感谢他们对我工作的支持、关心和爱护，感谢领导们的关心和支持！是你们让我们在武汉无后顾之忧。你们保护上海！我们保护武汉！

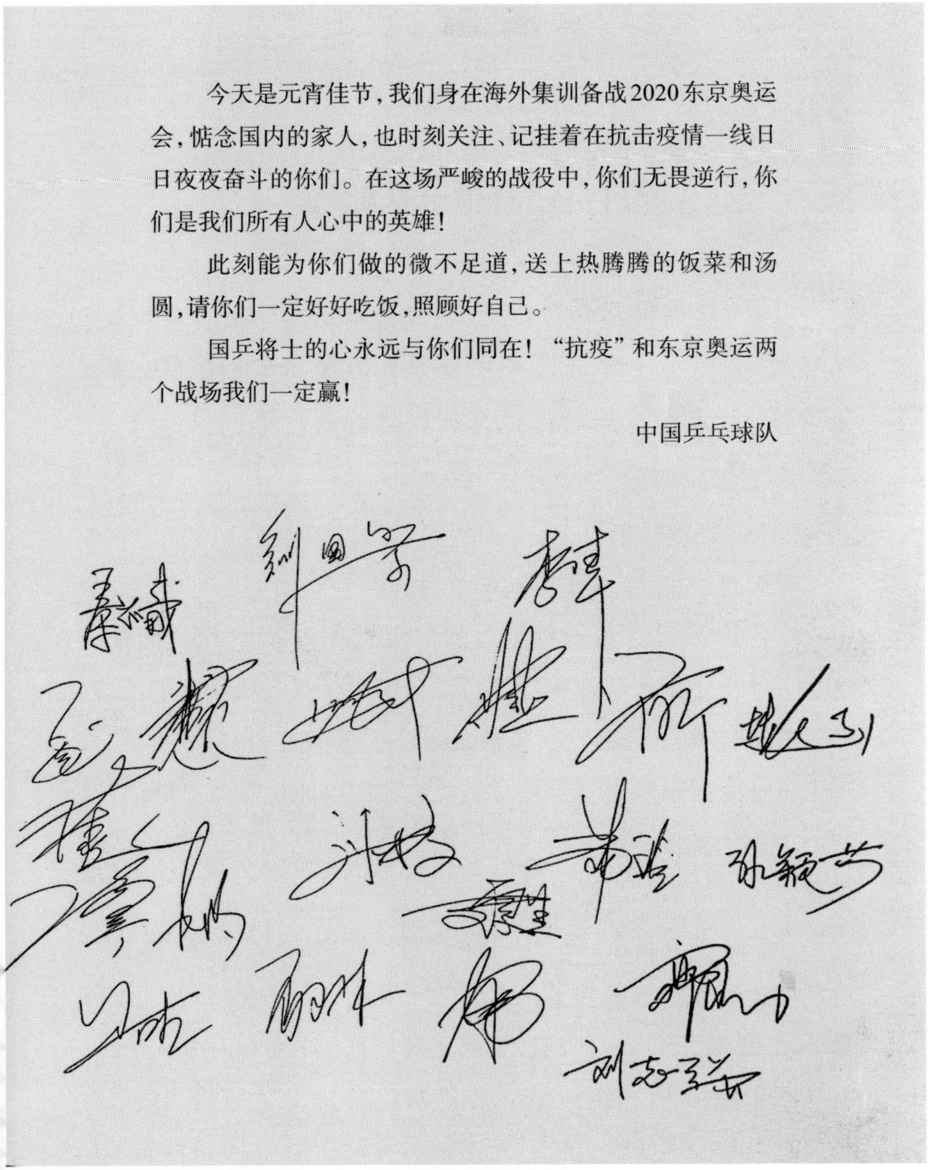

今天是元宵佳节，我们身在海外集训备战2020东京奥运会，惦念国内的家人，也时刻关注、记挂着在抗击疫情一线日日夜夜奋斗的你们。在这场严峻的战役中，你们无畏逆行，你们是我们所有人心中的英雄！

此刻能为你们做的微不足道，送上热腾腾的饭菜和汤圆，请你们一定好好吃饭，照顾好自己。

国乒将士的心永远与你们同在！"抗疫"和东京奥运两个战场我们一定赢！

中国乒乓球队

中国乒乓球队的慰问信

觉得自己就像一头骆驼

十几个小时我只吃了一顿早饭。我觉得自己就像一头骆驼,在食物和水充足的时候补充大量水分和食物,储存在身体里,在需要的时候就把这些储存的能量利用起来。

2月9日,援鄂第16天,今天的武汉,阳光明媚。

今天是白班,是排班重新调整后的第一个10个小时白班。早上8点交班时,蒋主任介绍了他所在的中山医院的"纽式面罩"。这是一款由中山医院纽善福教授设计的用于呼吸机病人的面罩,面罩更适合中国人的脸型,接触面部的部分目前采用硅胶材料,面罩下方还专门设计了胃管的孔道。这款面罩能让病人更舒适,从而增加病人的依从性。蒋主任一组的病人早已用上了这款面罩,现在建议推行到我们整个病区。

郑队经多方联系,终于从上海肺科医院调拨了一些鼻罩,两天后就能运到金银潭医院了。在无创呼吸机病人进食的时候,必须拿下面罩,换用鼻导管吸氧,但对于我们这里的危重症病人来说,缺氧意味着疾病可能会累及其他脏器功能,所以大家提出最好在病人吃饭时换用鼻罩,这样,既不影响病人进食,也不会使病人缺氧时间太久。现在我们整个团队最想做的事就是提高危重症病人的抢救成功率,想病人之所想,尽一切可能解决问题。

郑队最后表示,目前的工作已经稳定,病房也终于连续多日平安,接下来除了抢救病人,希望大家有时间能对现住院病人和之前死亡病例的资料进行研究,摸索规律,探索更好的救治方法。

中午,周新主任传达了金银潭医院的最新任务:每个楼面增加11个床位,准备接收新病人,加床就加在走廊里。一下午,护士们又忙得不可开交,病床、被子、氧气罐、氧气表头……一样样东西都要准备起来。可能今晚就要收病人,我们的夜班医生要更忙了。

下班时,外面天已经黑了。回到酒店,赶紧吃饭,晚饭只供应到晚上6:30。十几个小时我只吃了一顿早饭。我觉得自己就像一头骆驼,在食物和水充足的时候补充大量水分和食物,储存在身体里,在需要的时候就把这些储存的能量利用起来。

今天的朋友圈被出征武汉的上海医疗队刷屏了,来自华山医院、瑞金医院的300多名医护人员今日也会赶来武汉,整建制接管武汉多家医院的病区。朋友圈充满了对出征医护人员的敬佩和心疼。仁济医院也发出了紧急召集令,准备后续可能的出发。很多同事作为准备援助武汉的新鲜血液,纷纷在微信上询问我这个老队员。我把需要的物资,包括所需的防护用品和生活用品,列好清单一一发给各位,顺便接受几句咨询,也告诫几句。毕竟,武汉各个地区、各个医院的操作流程都不一样,我们在援助的同时,必须先学会保护自己。

刷着微信,看到了我们队里的一则乌龙笑话。休息的一位同事,看到群里发放生活物资的消息,匆匆下去扛了一大盆的洗衣液上来,发现门卡失灵,就把洗衣液放在门口,匆匆下去找到前台,重

新办理门卡。办好卡回到门口一看,物资不见了。她在群里询问,谁好心帮她保管了物资(我们医疗队已在短期内进入共产主义社会)。没想到的是,原来是这位休息的同事跑错了楼层,把物资放在了别人的门口,所以刷不开门;而后者呢,看到门口有物资,还以为是哪个好心人帮忙领的。水落石出,大家嬉笑间减轻了压力。我们的工作充满了挑战和危险,绷紧的神经也需要生活中某些小插曲来调剂。我们要学会放松,坦然面对疫情。

明天上海要复工,朋友圈被刷屏:"共同战疫,守住上海。"留守在上海的同事们,我们在武汉奋战,你们为我们守护上海,守护家人,让我们没有后顾之忧。上海,一定要守住!

做义工是缓解心理压力的好方法

下午继续做义工，这是缓解心理压力的好方法之一，可以顿时让心情放松起来。

2月10日，援鄂第17天，武汉，阴有雨。

今天不用上班，但室友上的是凌晨4点到8点的护理班，糊涂的我记成了8点到12点的班，迷糊中感到她出门去上班，迷糊中觉得她已经走了很久，一觉惊醒，以为已经很晚，匆忙爬起，才发觉只是早上6:30。上海医疗队的护士们在隔离病房内的班从最初的6~8个小时一班改成了现在的4个小时一班。这是护士长从轻症病房调员过来和上海增援更多护士后才有的改观。在隔离病房工作的4个小时是对体力的极大考验，闷在不透气的隔离衣和防护服中，出来时她们总是浑身湿透，伴随着湿漉漉的头发，双侧脸庞上刻着深深的口罩印迹。说是4个小时，实际上她们需要提早一小时出发，到医院后，换衣服再套上一身防护也至少需要半小时。凌晨3点夜深人静，她们总是结伴而行。

昨天下午刚刚新增的床位晚上就开始收病人了。因为条件限制，只能收重症新冠肺炎患者，即仅需要吸氧和用药的病人（在我们的眼里，他们只能算是轻症病人了）。可即便如此，还是给医护

氧气钢瓶

工作增加了一些压力。新收的病人只能用钢瓶氧气，因为任务来得突然，氧气钢瓶表头有限，医院来不及调拨那么多氧气表头，所以只能一个表头接双通管，给两位病人同时用氧，这样下来一个钢瓶的氧气还不够一天用的，需要护士反复更换，这给护士增加了不少护理以外的工作量。

对于重症病人来说，看着那么多危重症病人躺在床上，通过呼吸机呼吸，肯定也有一定的心理压力。甚至有病人当场表示，他的病情只需要住进方舱医院，他不想住在我们病房。可是，吸氧对他的病情肯定有好处啊。这些病人坐在我们隔离病房的走廊里，吸着氧气，刷着手机，关注着我们医护人员的一举一动，这对我们的工作像是一种更大的监督。或许，等病人好转出院了，他可以写一本书，书名叫《我在隔离病房的日子》！

下午继续做义工，这是缓解心理压力的好方法之一，可以顿时让心情放松起来。今天的任务是登记房间号，分发手术衣。看到大家拿到物资时脸上的笑容，我的心情也跟着愉悦起来。没人来的时候，跟一起发放物资的小伙伴聊聊天，八卦一下周围发生的事情。人是群居动物，憋得太久心理容易出问题。看着新搭建的帐篷，里面堆满了物资，看到其他地区医疗队的队员过来询问，我们的物资管理老师自豪地告诉他们，我们是上海医疗队，我们的物资是上海在后方对我们的支持，如果他们缺物资，请找我们的领队商量，语气中满满的自豪！

今天的晚餐好丰盛，有真功夫，有汉堡，还有美味漂亮的糖果和樱桃。自从国家乒乓球队"投喂"上海医疗队后，我们的伙食更加丰富、更加美味了。

群里说，门口的橘子是陆军军医医院和我们共享的，可以自行领取，真

经常被爱心"投喂"

是军民鱼水情啊！多天前，我们的苹果和加多宝也在酒店餐厅和所有的援鄂医疗队共享了。在这特殊时期，我们的心比任何时候都近。

陆军医疗队和我们共享的橘子

从没放弃救治任何人，哪怕只有一丝生机

> 如果一个人自己放弃了自己，丧失了和病魔斗争的勇气，丧失了继续活下去的信心，那么旁人再努力也无济于事。

2月11日，援鄂第18天，武汉，阴天。

清早，我从小组群里得知一个坏消息：我们的18床和19床病人先后离世了。这让我好不容易平复的心情，一下子又陷入沮丧中。

18床是位有基础疾病的89岁老先生，我们曾多次联系过他的家属，告知他们病人情况不太好，家属明确表示放弃对老先生的一切抢救。但是作为医护人员，我们没有放弃，哪怕只有一丝丝生机，我们也在竭尽所能，采取了高流量氧、无创呼吸机等多种救治措施，然而最后他还是因呼吸衰竭和肾功能衰竭而离世。

19床病人是位50多岁的中年男性。在我们接手的第一周，他始终处于烦躁状态，甚至动手抓护士的衣服，然而第二周他却进入了抑郁状态。他会趁护士不注意，拉下呼吸机面罩，使氧饱和度下降到20%左右。此外，他拒绝进食。我曾经多次劝过他，试图鼓起他求生的欲望，告诉他所有医护人员从没有放弃他，他的家人也没有放弃他，他的家人还让我转达对他的关心。可是如果一个人自己放弃了自己，丧失了和病魔斗争的勇气，丧失了继续活下去的信心，那么旁人再努力也无济于事。

生与死之间的一步之遥再次令我抱憾（难受了一天），虽然我们从没放弃救治任何人。

从朋友圈看到关于武汉机场的一些评论：有人在抱怨机场办事不力，而机场工作人员在陈述工作有多辛苦。我只想陈述一个事实：我们医疗队大年初一凌晨2点到达武汉机场的时候，武汉机场只有我们一架飞机。三辆大巴先把我们接到酒店休息，一个多小时以后我们的行李才到达酒店。行李不在身边，我们也担心过是否会丢失或者被人领走，这里面毕竟有我们的防护物资和救命的医疗物资。但是，最后我们的行李一件不少。机场工作人员很辛苦，凌晨帮我们把行李全部搬下来并送到酒店。在这个特殊的时期，彼此需要多一份宽容，多一份理解。

今天夜班，我需要在白天多睡会儿，补充体力。睡醒后的我无所事事，不想看书，也不想刷微信，不想让自己的心情再起起落落。自从武汉客厅方舱医院开始接收病人以来，我就像居委会大妈一样，严防死守这里的每一个陌生人员，有空就会盯着不远处的方舱医院，观察那边的动静。方舱医院距离我们居住的酒店很近。在武汉客厅方舱医院的后面，两道黄色的隔离栏隔出了一个区域。清早开始就能看到人们在隔离区域里散步。

6点准时接班，今天值夜班的是三位女性，我是其中之一。我们重症病房20多名医生里只有4名女性。今天是第一次三名女医生同时值班，我们的压力很大。两名医生是呼吸科的，另一名则是中医，没有重症科医生。中医出身的周医生最紧张，我最坦然，三

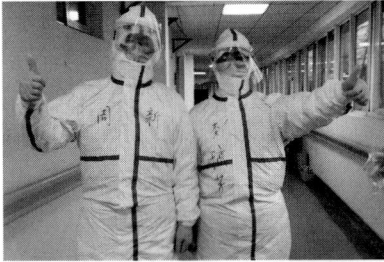

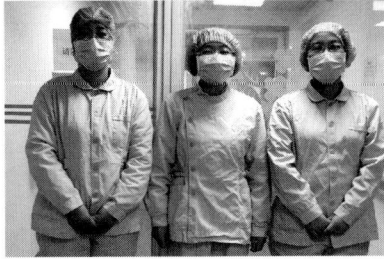

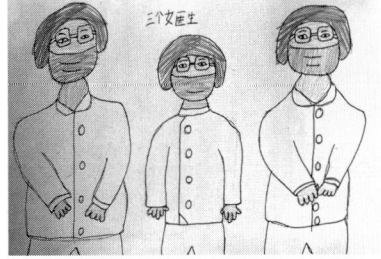

我和我的战友们

个臭皮匠, 顶个诸葛亮嘛。我们三个人在办公室门口合影一张, 留作纪念, 发个朋友圈——三名女将值班! 给关心我们的人报个平安。

盼今夜无殊。

笼罩在夜色中的武汉市金银潭医院

"上海方案"与家乡红肠，
两种"食粮"一起投喂！

他的"上海方案"考虑得一应俱全，感觉夜班后的自己补充到满满的精神食粮，一扫值夜的疲倦。

2月12日，援鄂第19天，武汉，晴转多云。

三女将值班的运气还是不错的，除了零星处理了两例突发事件以外，真的是一夜无殊。上半夜在熟悉新病人情况和复习老病人病历中很快度过。

一起值班的周医生是个"雷锋"。在到达武汉的第二天，也就是我们大家忙着学习消毒、隔离知识，准备上岗时，他们医院一起来的一个小伙伴发高热，这位小伙伴到武汉前奋战在发热门诊，所以领队为了大伙的安全，命令她单间隔离。被隔离的她需要有人照顾，周医生主动承担了为小伙伴送饭送菜的职责，幸运的是，三天后小伙伴退热了，所做的新冠病毒核酸检测结果也是阴性。

周医生来自二级医院，她说今天是她在武汉的重症病房里第一次单独值夜班，心跳比任何时候都快，忐忑、紧张，五味杂陈。她紧张夜间发生了事情该如何处理，我和另外一位医生一起安慰她，三人一起，同舟共济，互相帮助嘛。下半夜，终于可以好好休息一下,夜间刺骨的冷在棉大衣、取暖器的保护中消失得无影无踪。一夜平安!

8点交完班后,来自上海九院呼吸科的熊主任给大家上课,题目是《病毒性肺炎所致呼吸衰竭的诊疗思路》。熊主任已经总结好前段时间病人诊治的经验,结合了在武汉其他重症病房一线工作的各位大佬的诊治经验、武汉各医院ICU专家之前一个月救治危重病人的经验、2003年SARS救治的经验,为我们上海医疗队制定了一整套新冠肺炎危重病人救治的模式,包括无创呼吸机肺炎设置的参数、气管插管合理时间,激素使用合适时机,激素的剂量和疗程,哪些类型的病人使用鼻罩、如何脱机,等等。他的"上海方案"考虑得一应俱全,感觉夜班后的自己补充到满满的精神食粮,一扫值夜的疲倦。

讲课结束,郑队强调我们的病人应该有标准化的治疗。在标准化的基础上,要精准治疗,需要进一步调整呼吸机参数,关注机械通气的并发症和全身脏器功能的变化。另外再三关照大家一定要注意人文关怀,强调医生除了关心病人的身体疾病外,更要关注患者心理的变化。

今天群里发了一篇患者的日记,详细阐述了患者进入隔离病房后的经历和心路历程,患者写道:"作为武汉人,这一回的疫情是可怕的,但是,同时感受到了五湖四海是一家人。一方有难,八方支援。"

晚餐我们品尝了上海爱心人士"投喂"的三林大红肠和金枪鱼罐头,听说上海市相关部门也集中采购了两吨蔬菜送到万豪酒店,这是上海各界对我们的关心和爱护。今天两种"食粮"俱全,再次感受到家乡的温暖和支持!

……本人1月6日住进了银潭医院治疗，当时进来时，隔离的状态，让我很不适应。那时候，特别孤独、无助，特别想家人，再加上病情危重，恢复的特别慢，让我更加的难过，那段时间都想过放弃治疗，就想出院。后来当时转病房，转到了此之楼，由上海支援团队接手，在接手那天，我就经历了一次生死，当时突然呼吸衰竭吧，吸不上来气，当时我拼命的呼喊救命，护士们赶紧过来，帮助我，调整呼吸机之后，再让我慢慢吸氧，一直到转危为安，我当时真的吓死了，真的怕当时就过去了，很感谢当时的护士小姐姐们，上海支援团队来，也结识了很好的朋友（护士小姐姐），她们真的很累的，都是危重病人，基本上都是吃喝拉都在床上的，都是需要护士们来帮助的，很感谢她们的悉心照顾，让我们能更快的康复，我觉得，送她们最好的礼物就是，我们都能健康的出院，她们看着心中都是欢喜的。

做为武汉人，这一回的疫情是可怕的，但是，同时感受到了五湖四海是一家的人，一方有难，八方支援。

患者日记

在抗疫前线，我们依然热爱生活

下午的酒店大堂，一位陆军女队员在钢琴前弹起了
《致爱丽丝》。虽然没有多少观众和听众，但是明朗欢乐
的旋律让人感受到了爱和远方。

2月13日，援鄂第20天，武汉，多云。

昨天空出来的两个床位很快有了新的病人。其中一位病人住
进来后因病情危重直接进行了气管插管。周教授在气管镜引导下
经鼻插管，但病人出现了严重的酸中毒和呼吸衰竭，这让夜班刘组
长一夜未眠，他一整晚都在调整呼吸机参数。

为了挽救这位病人的生命，今天医护人员要对他进行俯卧位
通气。病人体重大约200斤，穿着厚实防护服的我们感觉力不从
心，整整五名医护人员费了九牛二虎之力，才小心翼翼地完成病人
的翻身。周教授又调整了他的呼吸机参数，希望他能够挺过这关。

想起在今天的晨会上，陈教授说病毒感染引起的炎症风暴不
同于细菌内毒素引起的炎症风暴，如果新冠肺炎危重症患者病程
中又出现发热，很有可能提示这位病人预后不太好。而昨天病人
的体温已超过摄氏39度，他能不能熬过这关还是个未知数，但是
我们都不愿意放弃。

隔离病房又多了台新机器：制氧机。这是爱心企业捐给我们医疗队的物资。队里的领导考虑到现在病房需要加床，重症病人需要吸氧，而反复更换氧气瓶可能会产生安全问题，就加急给每个楼面增加了4台制氧机，这样让患者安全，让护理也更加方便。

我们的机器人"小白"已经进入隔离病房，可是因为网络问题，"小白"现在只能在病区"待业"，等工程师到位解决5G网络问题后再正式上岗，真是有点着急。

今早的酒店门口惊现一束不知名的野花野草。听说是一位陆军女队员从外面摘来的，因为不能带进酒店，她就向酒店申请了一个花瓶，插在花瓶里，放在酒店门口，希望大家每天看着生机盎然

一位陆军女队员采摘的野花野草

的野花野草,能够心情愉快。

下午的酒店大堂,一位陆军女队员在钢琴前弹起了《致爱丽丝》。虽然没有多少观众和听众,但是明朗欢乐的旋律让人感受到了爱和远方。是啊,虽然有时繁忙紧张,有时沮丧和心痛,但是在抗疫前线的我们依然热爱生活。

明天是情人节,听说,每名女队员都会有神秘惊喜!

在这个特殊的情人节，请相信爱的力量！

疫情虽然暂时阻隔了我们的脚步，但心与心的距离不会改变。在这个特殊的情人节，相信爱的力量。

2月14日，援鄂第21天，武汉，雨。

6：30起床，本该蒙蒙亮的天，依旧漆黑一片，时有闪电划过天边，倾盆大雨从天而降。到达武汉三周了，这么大的雨还是第一次见到。

吃完早饭，刚走出酒店大门，大雨便渐渐停了。春天的雷阵雨，来得快去得也快。路边树上的花骨朵并没有被暴雨击垮，反而在雨后渐渐绽放，它们从嫩绿的枝叶间探出头来，让人感受到生命的力量。路边的马路积水了，需要绕行。雨后，空气潮湿闷热，戴着口罩走到金银潭医院，虽然只有短短十几分钟，已是一身大汗。

今天是查房班，不用进隔离病房，只需在医生办公室处理文书。

办公室气氛有点压抑，原来插管的病人还是离世了，陈教授的病毒炎症风暴理论被再次验证。ICU的三位值班医生昨晚忙碌了一夜，依然回天乏术。能想的都想了，该做的也都做了：气管插管、有创通气、俯卧位通气、肺复张……可是，病毒仍旧那么嚣张地把病人带走了。

交班结束后,大家就目前观察到的死亡病例进行了分析和总结:没有分泌物的气道、无法复张的肺泡、凝血功能的障碍、心肌酶谱的升高、难以控制的血压、补液量的控制……

因为我们来自上海各大医院,大家背后都有各自的团队出谋划策,郑队询问大家对于治疗是否有新的想法。大家各抒己见后,郑队总结治疗方向:第一条路是求稳,严格按照国家卫健委发布的《新型冠状病毒肺炎诊疗方案》(下文简称《方案》)最新版操作,可是这条路目前似乎很难降低危重症患者的死亡率;第二条路是稳中求进,我们可以在《方案》用药的基础上,增加一些可能有用的药物;第三条路是冒点风险,有些药物能够救人,可以用,但是前提是需要通过医学伦理审查。

今天也有好消息。我们重症病房的第一例患者今天出院了。之前我们的病人好转后都是转到轻症病房,统计出院人数时不算在我们病区。驰援武汉20多天来,我们第一次感受到患者出院的喜悦:当看到病人竖起大拇指,欣喜若狂的我们感觉所有的付出都是值得的。

我们重症病房有一对夫妻,15床和6床,同时感染了新冠肺炎,住进了隔离病房。15床的妻子病情比较重,需要无创通气;6床的丈夫症状相对轻,吸氧就可以了。胆小的15床时刻都需要人作陪,夜间由护士作陪,连上厕所也叫护士站在门外,白天则是6床患者多次过去相陪。今天是情人节,两人坐在一起,虽然没有鲜花,但是一人手捧一个苹果,无比虔诚地请我们的护士帮他们拍了一张合影。我想,等他们出院了,他们会永远记得今天这个特殊的情人节。

回到酒店，我们的队长助理张明明老师在群里发文："我们是一群善良而有担当的人，我们的默默付出并不喧嚣，但就是那么有温度。疫情虽然暂时阻隔了我们的脚步，但心与心的距离不会改变。在这个特殊的情人节，相信爱的力量。"队里为每一位队员准备了情人节礼物——一份费列罗巧克力和一份润肤乳，感谢每一位默默的付出。

晚餐时，我们被"投喂"了麦当劳的汉堡和菠萝派，感受到吃撑的同时，也感受到社会大众满满的爱，连酒店精心准备的三个奶油蛋糕也只有看看的份了。

我们都在冰封雪飘的武汉坚守！

> 风卷着雪，漫天飞舞，远处白茫茫一片。我披上大衣，
> 开着取暖器，也逼不走身上的寒冷。

2月15日，援鄂第22天，武汉，暴雪。

昨晚，武汉整整下了一夜的雨。我住的楼层高，听着外面咆哮的风声和大雨击打在窗台上的声音，几乎一夜未眠。楼下吃早饭时，碰到郑队，他同样因为大风大雨和窗框发出的声音而彻夜未眠。在这样风雨交加的夜里，有多少武汉人（我们自诩是新武汉人）无法或者未能入睡啊？！

护士的工作通常是四小时轮一班。夜间12点和凌晨4点上班的护士由专门的司机师傅接送。这位司机师傅是自愿加班的，夜间就睡在车上，为上下班的医护人员提供服务。今天武汉大降温，他依然在车上坚守。全队都由衷地感恩司机师傅的付出和心意。

酒店门口放着很多黄色的长柄雨伞，这是爱心企业捐给我们医疗队的。之前一直用不上，今天终于派上了大用处。雨伞是公用的，要用就自己拿，不用登记，回来后放回原处。除了我们上海医疗队使用以外，其他医疗队也能用。非常时期，大家都很自觉，尽量不给酒店增添麻烦。我们撑着雨伞到医院，在楼梯口，一排整

医院楼梯口的雨伞墙

齐划一的"雨伞墙"成为重症病房一道特殊的风景。

今天早上,二楼的医护人员也一起参加了交班。郑队郑重地告诫大家,我们刚到武汉时,很注意细节,不在餐厅聚集,不串门,尽量减少人与人之间的接触,但时间一长,大家的思维和防护可能会出现疲劳和松懈。郑队要求我们始终如一地执行队里的要求,保证每一个人都平平安安地回上海。另外,郑队肯定了这段时间大家的表现,赞扬我们是个团结的团队,有很多人可能平时默默无闻,但一直在无私奉献。是啊,我们队里的物资到了,只要管物资的老师在群里一声呼唤,不管白天黑夜,总有很多人去帮忙分发;谁缺少药物,只要在大群里问一声,总有人把自己储备的药物奉献出来;还有我们的"Tony徐",始终志愿帮大家理发。

今天我跟着周新教授去查房。周教授虽然年纪比我大,但穿防护服的速度比我快多了。查好房,脱完防护服,我跟周老师来了张合影,妥妥的满足感!

夜间雪景

　　回到医生办公室，窗外的雨停了，下起了鹅毛大雪。风卷着雪，漫天飞舞，远处白茫茫一片。我披上大衣，开着取暖器，也赶不走身上的寒冷。队长助理张明明老师中午冒着风雪赶回酒店，特意带了一个"小太阳"取暖器过来。拿来的"小太阳"上还积着雪，拿到办公室时雪已成冰，足见今天的武汉有多冷。这让我们无比激动，心里暖洋洋！

　　傍晚忙完工作，看着办公室窗外漫天的风雪，看着窗外的松树被渐渐压弯了枝头，看着远处草地渐渐铺上一层白毯……心中是久违的宁静。

感谢悲伤背后的无私和奉献！

大雪洗刷过后的天空特别蓝，没有雾霾笼罩的武汉真的很美。粉红色和浅绿色的花朵丝毫没有被风雪击垮，更加努力地在枝头迎风绽放。

2月16日，援鄂第23天，武汉，晴。

昨天跟夜班交班时，我对接班医生说，我们组的其他病人都还平稳，但5床的情况不太好，下午的检查指标都不太乐观，明天查房时最好请示一下周教授是否调整一下用药。刚换好衣服走到楼下，就听说5床的心跳骤停。怎么可能？之前氧饱和度和心率都是好的，我怎么也不能相信！

昨晚8点多，我们医生群里发了一条消息：5床家属同意尸体解剖，已签字。怎么回事？5床真的过世了？赶紧询问值班医生，又是一个心跳骤停的病例。

目前对于新冠病毒引起的人体生理病理改变，我们更多的是根据临床症状去推断，却没有病理学的依据。如果5床家属真的同意遗体解剖，这应该是全国第一例，这个决定对于我们后续认知新冠肺炎会有一个质的飞跃。但是我们需要国家法律的许可，需要伦理学的支持，需要家属的同意。

5床是位老先生,印象中,他一直比较烦躁,昨天开始嗜睡,他的家属也是普通人,没有任何特别之处。在崇尚入土为安的中国人眼里,5床的家属做出了让人感动的决定,或许,他的决定,会有利于我们寻找新冠肺炎的致病性和致死性,为未来挽救更多的新冠肺炎危重症患者提供依据。这个消息很突然,群里的每一个人都对老先生及其家属肃然起敬。

今天下午,我们又得知24床家属也同意进行遗体解剖。

已经难以用语言表达我们此刻的感谢。全武汉人民甚至全国人民应该感谢5床和24床的病人和他们家属的决定,感谢这些饱受创伤的武汉人,感谢他们还来不及悲伤却在背后无私奉献。有这样的人民,胜利一定属于我们!

大雪洗刷过后的天空特别蓝,没有雾霾笼罩的武汉真的很美。粉红色和浅绿色的花朵丝毫没有被风雪击垮,更加努力地在枝头迎风绽放!

今天休息,沿着酒店周围的马路逛了一圈,路上的车子明显多了起来,偶尔还能看到几个骑着单车的人,但都是匆匆而过。酒店后面的便利店开着门,店里的商品依旧很丰富,只是几乎没有顾客。酒店前面的地铁车站,也同样空无一人,自动扶梯停驻着,上面已经积上了落叶。唉,这里曾经必是非常热闹啊!

回到酒店门口,看到我们仁济医院的两位男同胞正在帮忙搬运物资,原来义工无处不在。碰到队长助理张明明老师,他说今天会有直升机从上海为我们运物资过来。上海市的领导担心并时刻关心着我们,通过直升机为我们运来了新鲜的食材和医疗物资。有这么坚强的后盾,我们的心情就像阳光一样明媚。

沪汉人民是共饮长江水的交情！

我们的同事都是战士，在祖国需要时，都能挺身而出，为的只是自己作为医者的初心和使命。

2月17日，援鄂第24天，晴。

今天依旧是晴天，但是天空没有昨天雪后蓝得那么透彻。经过一天阳光的照射，地面已经干了，灰尘飘浮在空气中，形成一层薄薄的雾霾。

一早起床听说我们仁济医院已组织了150余人的医疗队，包括60名医生，90名护士，很快就要赶来武汉。武汉的病人不是在减少吗？为什么还要过来？呼吸科还会派谁来？仁济其他科室的兄弟姐妹们谁会来武汉？一个个问题浮现在我脑海中。但不一会儿，这些谜团就被一一解开。

中央指导组副组长陈一新在新闻里说："目前还有一批危重和重症病人，并且数量还在增加；要建设一大批方舱医院，确定一批集中隔离点。"这或许意味着需要增加更多的医护人员。如此看来，武汉保卫战已经开始总攻了。因此，上海又向武汉增援医护人员。

君住长江头，我住长江尾，这是共饮长江水的交情。此次上海再次派遣医务人员来武汉，留在上海的同事们将面临更大的诊疗任务，他们的压力也不小。武汉保卫战和上海保卫战都要打好！

至于谁来武汉——我的手机微信不停地有消息过来，有同事自愿出征，询问注意事项的，有帮科室同事询问应该带点什么物资的，也有护士长为下面出征的护士询问的……作为一个比较有经验的援鄂医生，我把需要带的物资列了个表格，一一发给有需要的同事。从他们的言语里，我听到的都是满满的勇气和担当。

我们医院B超室的吴同学也报名了。她有点紧张，有点害怕，但还是义无反顾地报名了。她问了我需要带的东西后，匆匆赶回去收拾行李，可是数个小时后，她很遗憾地告诉我，因为她的心脏功能不太好，心肌缺血，所以领导考虑再三，没批准她的申请，换其他人出征。心内科的金主任，他说他之前没有报名，但这次报名的同事家中有事不能参加，他就主动请缨了。他还有四个导管没做完，要今天全部做完，明天才能出发。我们呼吸科又派了四位同事，科主任蒋捍东也参加并亲自带队。这四人中三位是共产党员。

我们的同事都是战士，在祖国需要时，都能挺身而出，为的只是自己作为医者的初心和使命。

下午，我们收到医疗队对大家住宿进行调整的意见。自我们进驻武汉后，上海市卫健委的领导对我们非常关心，得知我们两个人共住一个房间，领导从院感防控的角度出发，为了保证大家的安全，也为了保障大家的隐私和充足的休息，通过各方协调，让我们都住到旁边维也纳酒店的单间。

今天一天，我的手机键盘都在不停地跳跃着，回复着一个个有关出征的问题和对我的关心。我只希望大家都平安。我们会在武汉一起战"疫"，也许我们没有见面的机会，但我们的心会在一起，我们都是"仁济人"，我们都有一颗"仁术济世"之心。

累到无力说话

今天是我到武汉以来感觉最累的一天，不想动，连说话的力气都没有。

2月18日，援鄂第25天，武汉，晴。

夜班出来，外面是晴天，可是我的心情却是灰的。

各种美好的愿望与现实之间要达成平衡太难了。

今天是我到武汉以来感觉最累的一天，不想动，连说话的力气都没有。

躺在床上，放空大脑，只想静静地躺着。

下定决心：今天好好放松一下心情，明天我还将继续战斗。

今天仁济队出征！

> 仁至"疫"尽，"济"往"凯"来，真心希望这支156人组
> 成的医疗队成员们能够充满斗志地来，平平安安地回。

2月19日，援鄂第26天，武汉，晴。

今天，我们仁济队出征了，听说这支队伍的平均年龄不到35岁，其中有许多"90后"是主动报名的，他们中许多人还是父母眼里的乖孩子，是父母的宝贝。

我们呼吸科主任这次也亲自来武汉，这是我没有想到的。作为经历过SARS时期救治危重症患者的专家，他对传染性非典型性肺炎有着丰富的临床经验。这次疫情突发，他第一时间就报名来武汉，但因为身兼院内外会诊专家等职务，又身兼科主任和支部书记，许多工作来不及做完，所以没有随第一批医疗队来武汉。他这次带着这么多医护人员来武汉，压力应该很大吧！任务要完成，安全防护更要做好。

据说仁济队是到雷神山医院，不过，我对于雷神山医院还一无所知。今天仁济医院的官微文案写得很好："仁至'疫'尽，'济'往'凯'来。"真心希望这支156人组成的医疗队成员们能够充满斗志地来，平平安安地回，要知道我们仁济人在每次国家需要的时

领队张继东带领仁济队在出征前宣誓

候都是挺身而出的！

　　今天休息，想找点事情做。群里正好呼唤义工，我就报名参加了。酒店前的临时帐篷颇有摆摊的感觉，坐在帐篷前，我负责领物资的签收，简单而快乐！这也是一件让人很开心的事情。

　　摆摊的桌子下，来了一条泰迪犬，围着人直转，这大约是一条被遗弃的狗吧。从没碰到泰迪犬成为流浪狗的事情。可是给它吃东西，它又不要。后来才知道，之前有人喂了它六七根火腿肠，还有盒饭、水。天哪，不会撑坏吧？！不能再给它吃了，否则就是害了它，这也是一条无辜的生命啊。明天，还能见到它吗？

　　又有麦当劳"投喂"我们了，感谢这些善良的人们。

《勇气》作伴,春花可期

我在仁济医院的官微上听到了风湿科李佳作词的那首《勇气》,眼泪又止不住流了下来。

2月20日,援鄂第27天,武汉,晴。

今天是查房班,早上交完班后,大家在领队的带领下一起学习新冠肺炎第六版诊疗方案。这是集全国专家组心血的方案,也是我们诊治新冠肺炎病人的标准方案。大家认真学习了第六版和第五版方案的差别,也将最新版方案的精髓运用于新冠肺炎病人的救治。

接下来,中山医院的蒋主任分享了他们组救治病人的经验。他介绍了新冠肺炎的机械通气、对呼吸机参数的调整、如何减少气压伤等,这让我获益匪浅。最后,郑队对大家最近的工作进行了总结,要求大家一定要贯彻习近平总书记讲话精神,完成四个"率"。对我们来说,最主要的就是降低危重症患者死亡率,提高出院率。郑队说,我们是上海派出的奔赴这场战役的尖刀连。现在,武汉大决战的时候到了,我们需要在胜利后跟大部队一起凯旋。病毒不退,我们不归!

中午下班的时候,外面阳光灿烂,飞机飞过天空,留下白色的痕迹。看到飞机,我想起这几天频繁在酒店上空和附近盘旋的直升机,看来真的是到了关键时刻!

回到酒店,看到餐厅门口摆了两张小桌子,上面摆满了食物,有奶茶、红牛饮料、方便面、罐头等,墙上贴了三个字"能量站"。餐厅伙食依旧,但是水果除了原有的西瓜、苹果和橘子,还多了菠萝。我曾经看到其他医疗队的队员在电梯口拿着菠萝说,"这个怎么吃啊?"是啊,菠萝可不像苹果,洗洗就可以啃,想想我们啃菠萝的样子就好笑。

回到房间,彻底清洗后,我刷了一下朋友圈。得知我们仁济医院的医疗队可能要接管雷神山医院的ICU(重症加强护理病区)。现在的ICU虽然还是空荡荡的,但不久之后将会有艰巨的任务。我在仁济医院的官微上听到了风湿科李佳作词的那首《勇气》,眼泪又止不住流了下来。"你是千千万万的我,我是长长久久的你……"我的仁济队友们,等我们回去一起唱《勇气》!

远处的方舱医院,隔离栏内散步的人似乎越来越多了。一切都在好转中。

2月
21

重症病房的春天已经来临！

> 我告知他出院后的两周、四周随访计划。明后天，我
> 们组可能还有病人出院。重症病房的春天已经来临。

2月21日，援鄂第28天。武汉又开始下雨了。

今天清晨上班时，外面淅淅沥沥，我从酒店门口自取了一把爱心小黄伞，匆匆忙忙去上班了。

金银潭医院周边的马路上，明显多了一些车子，甚至有大巴车。远处的公交车车站上也站了不少人。武汉还没有解除"封城"，猜想他们可能是武汉客厅（方舱医院）出夜班的医护人员吧，要坐班车赶回住的地方。你们也辛苦了。

换好工作服，刚到医生办公室就看见周教授前面放了一个大大的塑料袋。等大家差不多都到了，周教授把塑料袋打开，里面是几套防护服和游泳眼镜。周教授激动地说，这是一名上海小学生寄给他的物资。小学生和他的爸爸妈妈买了八套防护服全部捐出，希望大家平平安安。不知道这位小朋友和他的家人经历了怎样的周折，才能在防护物资统一管理的现在收集到这么多防护服。从小朋友稚嫩的笔迹中，我们看到了人民对我们的关心和爱护，看到了祖国的未来。护士长说，她们也收到了一位上海阿姨寄来的物资。微信朋友圈说，上海人民把我们"借"给了武汉！一批批物资的到来表达了他们的关爱，他们期盼着我们早日平安回归。大家都很感动！

接下来是交班时间，交完班，郑队再次重申安全问题，并让我们认真地读一遍瑞金医院的防护服穿戴和脱卸口诀，让每位队员牢记四个"务必"：务必高度警惕、务必严格管理、务必规范流程、务必戒骄戒躁！是啊，我们援鄂已有28天，现在正是容易疲劳和松懈的时候。我们一定要振奋精神，认真严谨地做好防护工作和各项工作。

今天我跟着周教授进隔离病房查房。查完房，护士们已准备好全套气管插管的装置。病人充分镇静后，周教授做了气管镜引导下经鼻气管插管。他熟练的程度让我钦佩。今天在边上做助手，观摩了一遍实际操作后，我心里稳多了。俗话说"技多不压身"，我今天又学会了新技能。周教授做好气管插管，调好呼吸机模式和参数，观察了一会儿病人的生命体征后才离开。有周教授坐镇把关，我更放心了。

我们组今天有一位病人出院。他症状好转，核酸检测结果也是连续阴性，肺部CT检查也好转了。按照目前的流程，病人出院后还需要居家隔离两周。可是，病人表达了他家住房紧张的困难，担心影响到其他家人。我们把这个情况汇报给了医院医务处，通过协调，病人今天出院的时候，他所在的社区会派车把他接到附近酒店隔离观察两周。我告知他出院后的两周、四周随访计划。明后天，我们组可能还有病人出院。重症病房的春天已经来临。

下午，我们隔离病房的第一重大门上贴上了三栏大字，或许这

里以后能成为金银潭医院的一个小景点，大家排着队和周教授一起合影，我也赶紧排上。武汉加油！中国加油！

下班后，外面已是华灯初上。因为队里建议医护人员下班后不要直接进食堂吃饭，担心清洁后来不及吃饭，于是我从"能量站"挑了一个自热小火锅和一些水果，晚餐换个款吧！

远在他乡，感受到了家的温暖！

> 昨天晚上在我们三楼上班的一名护士身体不舒服，三位医生帮助她，一位背着她做检查，一位来回奔走为她找药，一位夜间守护着她，外围护士上12个小时班本来已经很辛苦了，可还是一个人扛下了两人份的活。

2月22日，援鄂第29天，武汉，晴。

今天，我们小组最年轻的病人出院了。他才20出头，大约10天前从其他楼层转来的。他因为新冠肺炎住院，但是白细胞将近4万，同时合并糖尿病和肾功能不全，当时病情非常危重，所以被转到了我们楼层。

我们小组在周教授的带领下，经过仔细讨论，制定了周密的治疗方案，不仅解除了患者泌尿道的梗阻，逆转了肾功能，而且每天监测血糖，通过调整胰岛素的用量控制好血糖。我们为他选择了合适的抗生素和抗病毒药，他的肺部情况也一天天好转了。

小伙子渐渐和我们医护人员成了朋友，从躺床上翘着二郎腿的"大少爷"变成了主动帮忙干活的好青年（尽管我们希望他安心休养，但是他坚持要帮忙），他一边干活一边还说他这是在运动。今天他要出院了，护士们想与他拍张合影，他害羞地说自己不好

看，坚决不肯露脸，只肯露个劳动的背影。

今天从大群里得知，昨天晚上在我们三楼上班的一名护士身体不舒服，三位医生帮助她，一位背着她做检查，一位来回奔走为她找药，一位夜间守护着她，外围护士上12个小时班本来已经很辛苦了，可还是一个人扛下了两人份的活，护士长放弃休息，一早赶过去接班。今天那位护士的身体好多了，她在大群里感谢大家，她说："虽然远在他乡，但我感受到了家的温暖……"是啊，我们医疗队的团队精神已经形成，我们在这里守望相助！

得知我们仁济医疗队在雷神山那边的同事一日三餐都是盒饭，生活比较艰苦。这样的日子我们医疗队刚到武汉的时候也曾经历过，没有坐的位置，端着盒饭站着吃，后来在上海市领导和社

做义工的我

会各界爱心人士、酒店的关爱下,我们的生活条件一天天好起来了。记得刚到武汉时,我们医院赵医生在绿地集团的朋友张先生担心我们在这边吃不饱,还特意给我们送来了电饭煲和大米、罐头、酱菜、方便面和水果等,这些东西在我这里很多都来不及用,今天,特意麻烦绿地的张先生把这些东西转给仁济在雷神山医院的同事,感谢好心人。

与在雷神山医院工作的仁济同事们相约:等回到上海,一定要把酒言欢!

特殊的"满月酒"兼"生日会"

今晚7点将在酒店楼下的武汉餐厅为来自奉贤区中心医院的一位姑娘过生日,也隆重庆祝我们到武汉"满月"。

2月23日,援鄂第30天,武汉,晴。

时间过得飞快,转眼间来武汉满一个月了。在武汉,我们从刺骨的冬天进入温暖的春天。我们上海第一批援鄂医疗队的医护人员,从陌生到熟悉,已经成为相亲相爱的一家人。

今天一早,大群里放了一段视频,视频内容是,今天零点到4点上班的内围护士,在换好衣服进隔离病房前,6个姑娘围站在一起,中间一位姑娘端坐着,大家一起唱着生日快乐歌。这是一个来自隔离病房的生日祝福,大家穿着厚厚的防护服,看不出谁是谁,但从歌声里能听到大家的满满祝福和团队的爱心。看样子今天又是谁的生日了,是谁这么幸运,在我们到达武汉的"满月"过生日?

中午队长助理张明明老师在大群里留言,今晚7点将在酒店楼下的武汉餐厅为来自奉贤区中心医院的一位姑娘过生日,也隆重庆祝我们到武汉"满月",希望大家继续努力奋斗。可惜今天我们三女将值夜班,无缘看到这场特殊的"满月酒"兼"生日会"了。

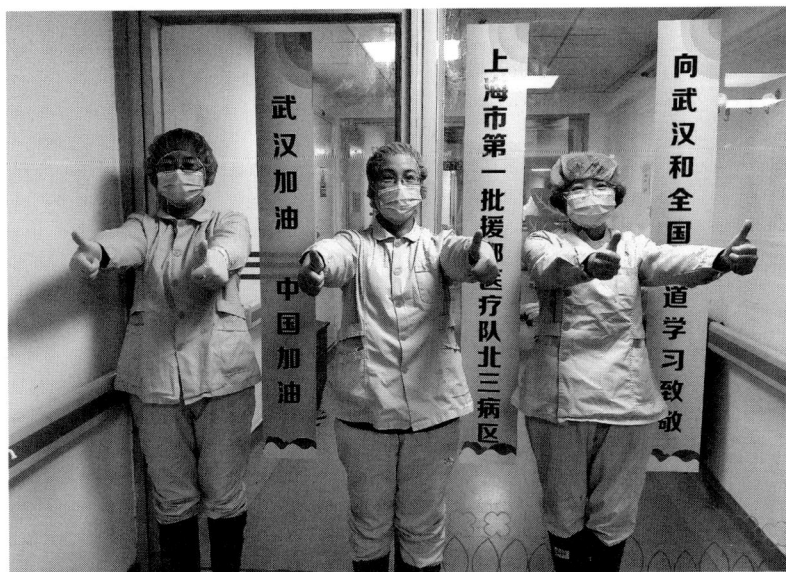

三女将在"新影点"前留影

后勤总管、来自新华医院的刘老师在群里呼唤,明天二月初二"龙抬头",有志愿者理发师"Tony老师"来为大家服务,我们的"Tony老师"看样子任务艰巨啊。

说起刘老师,我们昵称他"刘老板"。刘老板是我们的"大内总管",俗话说"兵马未动,粮草先行",可是我们这支队伍因为出发仓促,称得上是"兵马先行,粮草后动"。所以,对志愿者小分队来说,刘老板干的活是又苦又累,而且压力也大。我们医护人员在病房里作战,刘老板在后方为我们"保驾护航",管我们吃饱穿暖还小有富余。分发物资,大家来不及领的,刘老板会带着志愿者小分队把东西放到每一个房间门口;队员有防护物资或生活物资捐赠途径,找的也是刘老板。我曾看他两个手机左右开弓不停地接

着电话，也曾看他凌晨4点出发去武昌火车站领取物资，还曾看他晚上10:30推着车把防护物资送到医院，更多的是他在酒店门口管理和分发物资时那忙碌的身影，感觉他的活最难干，也最累。可是，刘老板苦中作乐，把去火车站搬运行李看作放风，并在车上拍几张照片让我们这些天天两点一线的人们见识一下武汉的风景。没办法，一个月的武汉生活，只见识了金银潭医院周边一个角落的风景，只能看刘老板的照片"望梅止渴"。

昨天，我们仁济医疗队在雷神山医院开工了，开始正式收治患者。在刚到达武汉的两天里，他们除了参加穿脱防护服和消毒隔离的培训外，更多的似乎是在参与雷神山医院的病区建设，颇有白手起家的感觉，还需要规划布局，运送物资。同事在朋友群发图，笑称："欲做白衣战士，先做白领民工。"听说他们普通病房昨天下午3:30已经收病人了，今晚ICU也即将迎接第一批病人。你们辛苦了。

今天夜班。夕阳西下，映照在落日余晖下的金银潭医院很美。经历这一次磨难，全中国应该都知道它了吧。

仁济人在雷神山开工啦！

龙抬头，冠病走，幸中华，福九州！

今天是二月初二龙抬头，很多小伙伴们都去酒店大堂找志愿者"Tony老师"理发了，然后发朋友圈晒图。

2月24日，援鄂第31天，武汉，晴转多云。

昨晚夜班，我们组的插管病人继续顽强地和病毒作斗争，药物和呼吸机都已用上，心疼他等的只是时间，生的希望和死的渺茫只在一步之间。

昨天我们组收了一位新病人。这位病人是一位医护人员，在其他医院已经治疗了18天，病情还在不断恶化。他是我们的同行，在一线工作的时候接触了新冠肺炎病人，不慎被感染了。在全社会都在关心抗疫一线医护人员的今天，我们看到他的病情，深感责任和压力。接近白肺的肺炎，贫血、低蛋白血症、超低的淋巴细胞……我们看到的是一位预后可能不太理想的患者。按照他今天早上的动脉血气及氧合指数，按照第六版《新型冠状病毒肺炎诊疗方案》，他是一名有气管插管指征的病人，可是，患者目前意识清楚，如果进行气管插管，势必要上麻醉，而后面的转归却无法预料。

早交班后，重症组的陈教授和呼吸组的周教授展开了讨论，陈述了各自的分析和治疗建议。方向和目标是一致的，即不惜一切代价挽救病人的生命，但是途径不同。最后讨论的结果是在加强支持、免疫、抗炎（中药）等的基础上进行气管插管，尽量改善病人氧合，尽量减少对其他脏器的影响。会后周教授又抢着插管，每次他总是把最最危险的活留给自己。

早交班后，郑队宣读了中央《关于全面落实进一步保护关心爱护医务人员若干措施的通知》，《通知》就进一步保护关心医护人员提出的十方面措施让我们深受鼓舞，也很感动。接下来郑队又传达了中共上海市委、上海市人民政府发给大家的慰问信，信中对大家这一段时间的努力表示了崇高的敬意和诚挚的问候，希望我们继续发扬特别能吃苦、特别能战斗的精神，出色完成各项救援救治任务，为打好武汉保卫战、湖北保卫战做出更大贡献。信中说，全上海人民都是我们的坚强后盾，各级组织一定会关心、照顾好我们的家人……亲切的问候和满满的鼓励为我们注入了一股股暖流，带来不竭的战斗动力。

最后，郑队又宣布，上海市委书记李强同志亲自关心我们队的住宿问题，因为按照院感要求，最好是执行单人间的住宿标准，可是在房间紧缺的万豪酒店，很难解决，看样子两人一间的我们很快会有部分队员要搬家了。

今天是二月初二龙抬头，很多小伙伴们都去酒店大堂找志愿者"Tony老师"理发了，然后发朋友圈晒图。今天让我印象深刻的是酒店大堂的那张字画："龙抬头，冠病走，幸中华，福九州！"

今天的晚餐特别丰盛，有鸡翅、牛肉，还有鲍鱼哦，这是我们到武汉后最奢侈的一餐了，是因为今天是龙抬头吗？还是因为

龍抬頭

以期望寄予新的家乡方法！

龙抬头   冠病走
幸中华   福九州

酒店的字画

有一部分人要搬住处了，庆祝一下？

今晚7:30举行了第二次党员大会，郑队在会上传达了今天下午应勇书记及湖北省各级领导讲话精神、各医疗队领队会议的精神，总结了我们这一段时间的工作情况，最后又讨论了搬家的问题。

现在，在上海市领导的协调和金银潭医院所在东西湖区的大力支持下，经过队领导的考察之后，找到东西湖区金银湖路上的全季酒店，这家酒店虽然距离金银潭医院略远，但却是一家新酒店。明天院感老师会过去考察，如果院感合格，我们中的一部分人就要搬家了。

至于谁会搬过去，郑队说了，所有党员同志搬，他自己和周新主任第一个搬。共产党员必须吃苦在前、享乐在后。我们相互打趣：现在万豪酒店周围几百米我们都太熟悉了，换个环境，也算武汉深度游了。

欢迎新党员火线入党

吴文三是个好同志，来汉第一周坚持上班近50个小时。之前我们重症病人上ECMO，就是他最早值的班，他还负责培训新人。

2月25日，援鄂第32天，武汉，晴。

今天休息，主要任务是搬家。从昨晚明确党员队员搬家后，回到房间我就开始了打包工作，洗漱的、消毒的、上班用的防护用品、吃的……没想到，来的时候只有一个箱子外加医院的急救包，现在居然有7个箱子要搬。在社会各界人士的爱心帮助下，社会主义制度的优越性充分体现，短短一个月，我从"赤贫"直奔"小康"，可是小康之家搬起来真不容易啊。

上午有空去做义工。"刘老板"说，搬家了，要把全队物资一分为二，尽管部分队员搬去另一个宾馆，但他一定会把东西都送到位！为了减轻刘老板的负担，把爱心人士捐给大家的物资分掉一点，省得他太辛苦，我们原计划的清点物资的工作就变成了分发物资。每一个领物资的小伙伴脸上都洋溢着笑容。

中午回到房间，微信来了，我们仁济医院重症病房的吴文三、我们小组的刘组长、三女将之一的李医生，还有我的室友，都提出来帮我搬行李。我"筛选"了一下，李医生之前腰扭了，刘组长和

万豪酒店

室友都是出夜班,需要休息,吴文三是晚上的班,就他吧。

吴文三是个好同志,来汉第一周坚持上班近50个小时。之前我们重症病人上ECMO,就是他最早值的班,他还负责培训新人。听说他一到武汉就递交了入党申请书,确实是一个知行合一的入党积极分子。出发前,我们医院重症监护室的同事曾跟我说过,吴文三是个好人,老实人,可以"欺负"他。今天我就厚一下脸皮"欺负"一下他吧。

很快,党员微信群里发布了不同楼层搬家的时间,我在第一批。下午2:30,搬家的车已在酒店门口等着,今天武汉天气特别热,又碰上搬家,很多同志都穿上了短袖,但依旧满头大汗。在吴文三的帮助下,我的东西都搬上了车。因为大家都是大包小包,他又去帮其他同志搬行李。这时候,看到我们的周教授,翩翩然地拖着两个行李箱就上车了,听说我们发的物资,周教授都不去领的。我们和他的差别实在太大了。

车子出发了,武汉的马路上依旧看不到几辆车,我们的搬家公交车一路绿灯,20分钟后就到达了我们要住的全季酒店。因为要花心思让公交车里的箱子不要滑来滑去,所以我们来不及欣赏一路的风景,相信后面有的是机会吧。

全季酒店设施崭新,房间干净,而且面积也挺大,估计为了让我们住得安心安全,领导们费了不少的心思。

晚上7点,全体党员举行党员大会。临时党支部书记郑队讲

第一批火线入党的同志在宣誓

话："我们上海市第一批援鄂医疗队在到达武汉后，先后有67位队员递交了入党申请书，经过支部的推荐、党总支的考察，经过了三十多天的考验，我们有五名入党积极分子，经过上级组织的批准，火线入党。"郑队也赞扬了其他的入党积极分子。

接下来是宣誓仪式，郑队带领五位同志宣读了入党誓词。随后，火线入党的五位同志分别谈了自己的感想，这五位同志中，有我所熟悉的北三楼吴志雄医生，是我们"熊大熊二"双人组合中的"熊二"，平时工作任劳任怨，同时又不乏幽默；有我们管理后勤物资的"刘老板"……在我心里，我一直以为他们都是党员，看样子他们早就是"未进党的门，先做党的人"。衷心祝贺他们！

回到房间，郑队又给大家发来了上海市新型冠状病毒肺炎防控领导小组临时党委书记、上海市副市长宗明的祝贺：

衷心祝贺并热烈欢迎新党员火线入党！

祝愿并相信大家会把誓言写在人民生命救治中！

王辰院士参加金银潭医院病例讨论

晚上病例讨论,难得有机会要和王辰院士面对面。吃完晚饭,熊教授已经在催了,让汇报病史的同志早点到医院。

2月26日,援鄂第33天,武汉,阴有雨。

今天是第一天从全季酒店出发,班车7:20出发,班车的时间表昨晚已在党员群里发布。

昨晚睡眠很不好,12点才刚刚入睡,之后基本每两小时醒一次,看样子又要适应几天的碎片化睡眠了。全季酒店的设计很像迷宫,我的房间位于"迷宫"深处。房间很冷,在院感老师没有搞清楚酒店空调的通风系统之前,我是不敢开空调的,因此,我感受到了久违的寒冷气息。我在被窝里瑟瑟发抖,靠骨骼肌的运动产生热量,度过了春天到来后的第一个倒春寒。

一早在二楼的餐厅用餐。为了让我们吃得更好一点,郑队动足了脑筋,和酒店负责人商量,专门请厨师为我们做一日三餐。昨夜晚餐的时候,很多同志都说好吃,连我们周教授也说可以多吃一碗饭。是啊,无论是谁,在同一个地方每天吃差不多的饭菜,肯定想换换口味吧。今天早上的餐厅居然有武汉的热干面,可惜不是我的菜,我还是喜欢家乡的白粥酱菜和油条。

外面有雨,酒店门口的大桶里照例放了很多雨伞,居然还有小黄伞,看样子我们的后勤服务真的到位。

今天央视《焦点访谈》的记者采访我,这个活儿是领队推荐给我的。今天记者会跟着我们一路拍摄。觉得记者同志其实也很辛苦,他们甚至在我们第一批援鄂医疗队到达之前就到了武汉,他们也是逆行者,为了让后方看到前方所发生的真实故事,同样要冒着可能被感染的风险,深入医院收集第一线的资料。

早交班的时候,郑队又讲了许多注意事项。这次抗疫工作,金银潭医院和火神山、雷神山以及同济的光谷院区会坚持到最后胜利。另外今天晚上有个病例讨论会,三位病人都是我们楼面的,需要整理资料。我们组恰巧有一例,这个汇报的任务就交给了我。等完成任务的时候已错过了回酒店的班车。

晚上病例讨论,难得有机会和王辰院士面对面。吃完晚饭

王辰院士在讲座中总结

（今天是烤鱼哦），熊教授已经在催了，让汇报病史的同志早点到医院。匆匆忙忙拿好资料来到医院，会议室里已经坐满了人，戴着不同形状的口罩。每讲完一个案例，都有老师提问，来自华中科技大学同济医院的刘良教授和中日友好医院的曹彬院长都一一解答，最后王辰院士就目前的研究方向、激素治疗的时机、抗凝药物的运用等提出了自己的想法。两个多小时的学习，感觉收获很大，尤其对以后临床治疗新冠肺炎患者有很大的指导意义。

回到酒店，我们的院感老师告诉大家一个好消息：经过考察，空调可以用，终于可以摆脱夜间的寒冷啦！

完成隔离病区宣教后就像中度哮喘

平时简单的操作，没想到在隔离病房这么难，心里有点后悔没有找帮手。

2月27日，援鄂第34天，武汉，阴有雨。

在闹钟的铃声中挣扎着爬起来，现在可不能迟到，万一赶不上7:20的班车，就不知如何去上班了。听说昨天我们有一位老师把班车时间看成了7:30，没赶上班车，结果什么车都叫不到，滴滴也没人应，最后只好找了指挥部的车才到了医院。

外面的天阴沉沉的，为保持通风，车上开着窗，感受到了和上海一样湿冷的早晨。路边的风景很美，能看到柚子树上挂满了没有掉落的柚子，绿色的叶子中挂着黄色的球形点缀，还有满树的白玉兰花，在早春的寒风中含笑怒放，带来春天的气息和问候。

早交班的速度很快，郑队在交完班后转达了医学会对大家的问候，也跟大家重申了防护安全问题，提醒大家不要松懈。

接下来就是查房时间了，今天轮到我进隔离病房。我们组有位病人，又一次气胸了，昨天做的CT提示右肺被压缩了30%，右下肺还有肺大泡。鉴于他的这种基础肺部情况，周教授和大家商量，气体靠病人自己吸收估计很难，我们要帮他一把，给他放根细的胸引管,让气体从胸腔内排出,减少对肺的压迫。周教授和刘组长都提出要跟我一起进去,帮我忙。我婉拒了,多一个人多一份风险,再说这个操作相对简单,我可以让里面的护士帮我一把。

又是一套穿防护服的操作,我们的院感老师依旧在旁边监督和帮忙,等全套防护措施做完,我已经冒汗了,在防护服上写下自己的名字,特别标清楚"医生"二字(否则病人不知道我是医生啊)。

带好操作需要的东西,我推开了隔离病房的门。先跟气胸病人的床位护士打好招呼,让她帮我把消毒用品、麻药和注射器等都准备好,然后跟病人做了一番解释,并且解释了气胸的原因和为啥要放胸管,最后告诫他,这些都跟他平时抽烟有关,叮嘱他以后再也不能抽烟了。看着病人听话的眼神,我知道我的这些话他都听进去了,以后估计会告别香烟了吧。看,我在隔离病房也进行了一次成功的戒烟宣教。可是,讲这些话时我都在喘,在隔离病房讲话是很费力气的,那种气喘的程度,我在脑海里翻了一下教科书,应该跟中度哮喘发作时差不多吧。

先查房,跟准备今天出院的病人做好出院后的宣教,跟准备输注血浆又一直没能排上队的病人做好安慰,跟好转了迫切想出院的病人做好解释……从没觉得讲话有这么累。

我们组全部病人查完,回到第一个病房,我停了一会,平复了一下气息,接下来还有一场硬仗要打。

护士准备工作都做完了。我们帮助病人把姿势摆好,然后开始操作。平时简单的操作,没想到在隔离病房这么难,心里有点后悔没有找帮手。找好穿刺点,戴好手套、常规消毒、铺巾……流程熟得不能再熟,可是做起来的感受却不一样。护目镜尽管事先涂

了防雾的液体，但还是起雾了（可能因为我的热量太足了），视野模糊，还有戴着三层手套的手，手指敏感性和灵活度都打了很大的折扣，还得防止针刺伤，一切操作就像慢动作一样进行着。一边操作，一边还得安慰病人："你看，我这就跟皇帝的新装一样，你看我一针筒一针筒地往外抽，可是你却啥也看不到。其实，我抽的是气体，你胸腔里的气体。"（我心里还藏了一句话，姐抽的不是气体，是病毒。）干完活，给病人固定好，叮嘱好注意事项，我全身已经像是从水里捞出来的一样了。

一出病房，走廊里的护士妹妹对着我全身猛喷消毒药水。我拖着脚步慢慢走，离开隔离病房时又要经历一套脱防护服的流程，这次，我脱得特别慢，每一个细节都注意到了。回到办公室，手消毒，擦洗自己的眼镜，用消毒巾把脸也擦一遍，开好取暖器，贴上暖宝宝，我需要把身上捂干，还得继续坚持到晚上6点下班。这个特殊时期，千万不能感冒了。

赶紧和小伙伴打招呼："离我远点。"因为我是一个有"臭味"的人。

晚上回到酒店，洗个澡，享受"投喂"的烤鱼和餐厅的牛排，我的胃口超级好！近11点，郑队又在大群里发了湖北省委省政府给援鄂医疗队的慰问信："慷慨赴荆楚，白衣做战袍。疫去花开时，愿君皆安好。"

拖着极度疲累的身躯，带着满足的精神食粮准备入睡时，突然想起今天是我们第三批援鄂医疗队"满月"的日子，赶紧给同在武汉的仁济医院的小伙伴们发上满满的祝福："你若安好，便是晴天！满月平安！"

被雷神山婚礼刷屏了

> 两人虽然都在雷神山医院工作,却很少见面,平时靠着视频、微信语音联系。同事们希望在这个特殊的时刻,通过仪式为两人加油打气。

2月28日,援鄂第35天,武汉,阴有雨。

今天休息,有时间安心地吃碗热腾腾的牛肉面,可以探索一下我们这个新酒店,可以好好地洗一下我的外套……

和三女将之一的周医生约好在餐厅碰头,引起三人群里另一位医生的极度羡慕,因为李医生留在了万豪酒店。原来她很想申请跟我们一起搬的,可是考虑到她的睡眠质量,经过一个多月,好不容易适应了万豪的床,再考虑到她扭了的腰以及慢悠悠的性子,搬到全季酒店就得早起半个小时。我们都劝她不要搬了,给我们留一个可以到万豪歇脚和蹭饭的地方。短短一个月,我们建立了深厚的友谊,永远记得搬家那天,李医生眼巴巴地看着我们搬家的车子开走时的眼神,我有一种负心人的感觉。今天李医生去做义工帮忙搬运物资,顺便车游武汉,让我们羡慕不已。搬了酒店,做义工也不方便了。

早餐后刷一下手机,居然看到彭于晏给金银潭医院捐赠物品

的照片,赶紧转图给女儿,这是她喜欢的为数不多的明星之一。女儿今年高三,虽然离家一个多月,无法亲自照顾她,但我并不担心,因为学业上有她的班主任潘老师、她所在的大境中学,有补习班的宋老师等等在关心她,生活上有我的家人、朋友、仁济医院党委和工会、交大医学院、光明集团等等在关心照顾她。感谢大家的关心和对我家人的帮助。

我们组的出院病人给我们的三号机(隔离病房的手机)发来微信,感谢重症病区医护人员对他的精心治疗和周到护理。他已经到达出院后的集中隔离观察点,请大家放心,并表示会遵照我们的医嘱,继续服药、做好防护、静心休息,巩固我们对他的治疗效果。他的爱人目前也快康复出院了,感谢我们给了他们夫妻俩第二次生命,他们将铭记终生!

多可爱、多贴心、多温暖的病人啊!我们的护士用三号机回复了他:"看到病人康复出院我们比你还开心,我们会照顾好你的夫人,让你们尽早团聚。"

午餐很美味,吃到了久违的红烧肉,这是到达武汉后吃的第一顿红烧肉,浓油赤酱,这就是上海的味道,家乡的味道,我一下子吃了两块半,还多吃了一碗饭,吃完都有点撑了。到酒店门口放放风,看一下外面的天空,顺便消食。外面下着细雨,天灰蒙蒙的,让人心情有点压抑,还是阳光明媚的日子好啊。

偶然发现酒店四楼有个洗衣房,里面有洗衣机和烘干机,太幸福了,把我的外套羽绒服送进了洗衣机,顺便看了一下旁边的跑步机,但想想这个就算了,昨天累惨了,明天还要值夜班,还是回房间睡午觉吧。

2月28日
被雷神山婚礼刷屏了

収到刘组长微信，他建议我可以改名字了。我很奇怪，改名字？为什么？改成什么？刘组长说，你应该改名叫"查一抽"。啊，多难听的名字啊！组长告诉我，今天他进隔离病房，准备为我们那个有气胸的病人抽下胸腔内的气体，结果一点气都抽不出来了。然后复查了一张床边胸片，病人胸腔内的气体基本没有了。我昨天那一抽竟然一次搞定了病人的气胸，所以他说我应该叫"查一抽"。哈哈，只要病人好好的，不需要反复受苦，我乐得多一绰号。

下午我的手机被"雷神山婚礼"刷屏了。在雷神山医院支援的一对仁济"95后"小伙伴举行了一场别样的婚礼。仁济医院"95后"伉俪于景海和周玲亿原定于2月14日情人节领证，2月28日举办婚礼。但突如其来的新冠肺炎疫情彻底打乱了他们的计划，领证和婚礼因疫情而被迫叫停。两位新人春节期间分别报名驰援武汉。在武汉抗击疫情的这段时间里，两人虽然都在雷神山医院工作，却很少见面，平时靠着视频、微信语音联系。同事们希望在这个特殊的时刻，通过仪式为两人加油打气。于是，便瞒着他们策划了这场浪漫的"战地婚礼"。我为自己作为仁济人同在武汉却没法参加婚礼深表遗憾，只能远远送上我俗套却真诚的祝福："祝你们百年好合，早生贵子！"

今晚我们全季酒店也有一场生日祝福，为来自上海市青浦区中医院的张护士庆祝生日，分享喜悦，陪她一起度过一个难忘的生日。我们就是一个相亲相爱的大家庭。

103

病人拿下氧气面罩也要表达对
医护人员的生日祝福！

在重症病房，患者住的时间一久，经历了周围人的生死别离，还有家庭所经历的创伤，很多病人出现不同程度的心理问题。

2月29日，援鄂第36天，武汉，晴。

今天夜班，所以依旧可以睡到自然醒，可惜生物钟还是在6：30把我唤醒了。刷一会手机，和周医生约好一起去吃早饭。这个时候赶着上8点白班和查房班的伙伴们已经出发，餐厅里空荡荡的。我吃的依旧是牛肉面，人少就可以和师傅提要求了，我提出不加辣，不加醋，不加葱（昨天加醋的面让我吃得很感性），周医生尝试了武汉热干面。大厨的态度真的很好，我吃面的时候还过来跟我打招呼，说牛肉面的汤有点辣，我连忙表示这点辣我能承受。至于周医生吃的热干面嘛，我觉得就是上海的冷面，区别在于一个是冷的，一个是热的，热面里拌了花生酱，周医生没放辣没放醋，跟真正的热干面相比口味估计打了个大折扣。看样子我俩似乎还没习惯武汉人的最爱。

温暖的阳光从餐厅窗口投射进来，今天是个好天气，看样子我的期盼实现了。酒店的大堂里，撑满了我们雨天用的伞，颜色只有两种，黑色的、黄色的，在阳光下显得特别和谐。感谢酒店的工作人员默默地为我们提供的服务，感恩每一个为此次抗疫工作默默付出的人们。

酒店外面阳光明媚，路旁的白玉兰安静绽放，让我们一扫疲惫。酒店外面，马路上的车比前几天多，人行道上依然空无一人，路边的店家无一例外都是铁将军把门，想起去年到武汉时灯火通明、热闹非凡的景象，不禁有些伤感。

从医护群里得知，我们的病人有心理科老师会诊了。金银潭医院有上海援鄂医疗队中的心理科医生加盟。在重症病房，患者住的时间一久，经历了周围人的生死别离，还有家庭所经历的创伤，很多病人出现不同程度的心理问题。有的失眠、有的焦虑，有的抑郁……

有一位老年患者因为妻子同患新冠肺炎去世，儿子认为他住在医院可以更加安定，不希望他出院，而病人呢，想回家又内心纠结，出现了情绪低落。心理科老师评估后认为他存在中度抑郁，及时对他进行治疗。我们的护士对老先生的照顾已经是无微不至了：不想喝粥，马上递上自己的牛奶饼干；想吃水果，把自己酒店的水果带来给老先生吃。

可是，生活上的照顾仍无法解决老人内心深处的问题，看样子我们还需要更多的人文关怀，同时辅以心理老师的帮助。

其实不仅仅是病人，在这么高压的环境下，医护人员也容易出现心理问题，幸运的是已经有心理老师加入，为一部分人做心理疏导。

关于抑郁，想起我们刘组长说的话就想笑，"我否认自己抑郁

感谢您的参与，您本次评估的结果为：

您当前有**中度的心理压力**，**无明显的抑郁情绪**，**无明显的焦虑情绪**。

如果您认为当前的心理状态已经影响到自己的生活及工作，请务必保持规律睡眠，我们建议你通过心理调试技术进行自我调节，包括自我放松训练（调整呼吸，关注自身呼吸，逐渐放松全身的肌肉），心理着陆技术（用心观察身边的某一样事物，如一朵花，一支笔，一块手表等，花费约5min的时间仔细观察它）等，如果您的负面情绪及感受持续存在且不见缓解，我们建议您寻求专业的心理支持。

我的心理测试检测结果

嘛，你们一定会说我抑郁，因为精神病人从来不承认自己有病。我承认嘛，你们会说，'看，他自己都承认了'。"队长助理张明明老师在群里发了一张关于一线医护人员心理测试的问卷，我也上去做了一下，还好，除了中度的心理压力以外，没有抑郁，没有焦虑。看样子我的心态还不错嘛。

上海市中医院的刘燕护士四年一次的生日今天会在万豪酒店举行，今天值夜班，又无缘一场特殊的生日会了。大群里发来了刘燕照顾过的病人的祝福视频，看着躺在床上的病人拿下面罩也要表达祝福，让人特别感动。

我们的付出换来病人的康复和祝福，这是对我们最大的鼓励，是最好的减压良药。

让我记住你的脸

阳光洒在窗沿,欢声齐奏的和弦,永远回荡在人世间。巾帼无言,擦干泪眼,让我记住你的脸!

3月1日,援鄂第37天,武汉,阴。

昨夜三女将值班很忙,忙着收新病人。

傍晚6点刚接班,一下子就听说要收三个从其他医院转来的病人,病情如何严重,我们都不知道。趁着病人入区,护士还没完全登记好的时候,先把之前出院病人的病史整理好,打印。

三个新病人我们一组收两个,另一组收一个。为了减少不必要的暴露,我自告奋勇进隔离病房采集病史。

我们分工合作,发扬团队精神,才能更好更快地完成任务。戴好口罩,穿上防护服,我已经浑身冒汗,晚上院感老师不在,我们的外围护士就负责帮忙盯着我穿防护服的全过程,时不时地帮我一把。对于防护,我们永远不能掉以轻心!

我们的新病人是位88岁的老先生,他躺在病床上,吸着氧气,呼吸看着比我还平稳。担心他年龄大听力不好,我提高了音量:"老先生,您叫什么名字啊?"(这是常规收病人时必须做的核对病人信息。)老先生含含糊糊地说了几个字。嗯,没听懂,再问一遍,

还是没听懂。赶紧叫来床位护士，"老人家说的啥？"护士也摇头。听不懂武汉话，真让人头疼。接下来再问："您哪里不舒服啊？"老先生在那里直哼哼，也不回答。护士告诉我，他一直这样。看样子我们的交流是无法进行下去了。翻开前面医院的出院小结一看，"神志欠清，意识模糊……"果断放弃询问，做好身体检查，赶紧把老先生的病史资料用隔离病房的二号机拍照发到医生办公室周医生的一号机那里。

接下来看一位70岁的老先生。他思路清晰，虽然吸着氧气，但是讲话还挺流畅。可惜他所说的话我听得一知半解，还好有他在外院的病史和出院小结。第三位病人是位年轻人，普通话交流，病史清楚，只是花的时间有点长。因为他在喘，我也在喘，我们都需要减慢语速。

回到办公室，已是两个小时之后的事情了，赶紧一起写病史、开医嘱，合作的感觉真的很好，速度也快。

今天出夜班，天气不好，可是心中阳光灿烂。昨晚我上中央电视台的《焦点访谈》了。节目主要关注的是医护眼中难忘的身影，所以主角不是我，可我是人生第一回上央视啊，能不兴奋吗？朋友们都从电视上看到了我，知道我在武汉状态不错，大家安心啦，分别给我发来微信、节目的视频、照片，为我加油鼓劲。我一一回复，感谢大家对我的关心和爱护，因为有你们、有仁济医院、有上海人民，甚至全中国人民做我们的后盾，我们才能全力以赴，奋力战疫。回到酒店，清洁工作做完后我认认真真地把这一期的《焦点访谈》看了一遍，感谢那位康复后爱劳动的病人温暖了病区，我们管后勤的"刘老板"干的苦活累活也被央视关注到，我被自己写的日记感动了。

中午在餐厅喝到了小排冬瓜汤,诧异之后问师傅:"几天来又是红烧肉、凤爪,又是小排冬瓜汤的,是不是你是专门做上海菜的?"师傅回答说:"里面的大厨专门学过上海菜。"感谢酒店领导的安排,你们时时刻刻给了我们家的感觉。吃完中饭,到一楼大堂领了一盒草莓,这些新鲜采摘的草莓,代表的是东西湖区人民对我们一线医务工作者的心意,吃在口中,暖在心里。

晚上我们收到北二病区一位患者朋友写的诗《让我记住你的脸》,祝上海来武汉抗疫的各位巾帼英雄早日高奏凯歌,胜利凯旋! ——"汗水打湿泪眼,苦难藏在心间,娇美柔弱的身躯,毅然冲在第一线,巾帼最美丽的容颜,温暖着所有的风雨并肩……阳光洒在窗沿,欢声齐奏的和弦,永远回荡在人世间。巾帼无言,擦干泪眼,让我记住你的脸!"

一定会把医疗队平平安安地带回上海！

郑队对着蜡烛，郑重许下了他的生日愿望："一定会把我们这支医疗队平平安安地带回上海！"

3月2日，援鄂第38天，武汉，阴有雨。

今天在酒店休整，吃好早饭，在酒店门口来回溜达，天阴沉沉的，看着要下雨。回房间的走廊上，碰到青浦区中心医院的周峰老师和他们青浦队的几位医护人员在搬东西，好奇地问了一下，原来是上海青浦区政府给他们青浦队寄了很多好吃的，他们准备搬到楼梯口给大家分享。经不住他们热心推荐，最后我拿了一盒辣白菜准备当开胃菜，周医生也拿了些辣白菜、饼干和方便面。他们感谢我们一起分享，真没想到，拿他们的东西，还能被感谢啊。

上午9点多，后勤刘老师群里说有爱心药品会送到全季酒店，需要志愿者帮忙，我赶紧举手报名。本以为换了地方，没机会再做志愿者了，没想到志愿者岗位到处都有，我又可以忙活了。这是上海市慈善基金会定向资助上海援鄂医疗队的爱心小药箱，里面感冒药、解热镇痛药、护胃药、邦迪等一应俱全，还有我刚吃完的力度伸。真是及时雨，上海慈善基金会想得真周到！

吃完午饭，美美睡了一觉，错过了郑队的语音电话。赶紧联系郑队,原来有新的任务,金银潭医院和几个医疗队准备成立联合医务处、联合护理部、联合院感办、联合专家组。我被安排进了联合医务处。共产党员要一切行动听指挥,我当时就答应了。但是挂了电话,心里面开始打鼓,我行吗? 好像又开始有压力了。

5点准时到达金银潭医院行政楼三楼会议室开会,张定宇院长主持会议,传达了国家卫健委医政局有关领导的指示:需要成立金银潭医疗联合管理团队。

我和福建医疗队的两位同志,湖南医疗队的一位同志、国家中药管理局的一位同志,以及金银潭医院医务处的胡萍老师成立联合医务处,带领我们的是金银潭医院的黄朝林副院长,一位让人敬佩的感染新冠肺炎康复后重返"疫线"的好同志。

队伍成立后会按照国家卫健委的要求逐步展开工作,工作可能会比较繁复。医疗质量管理是核心,包括病历管理、检测管理、中医药治疗等等,看样子任重道远。张院长通报了他们医院的感染情况,要求后续做好院感工作,需要护理和院感老师的共同努力。接下来我们郑队和湖南队的领队分别表达了各自的观点和体会,他们都肯定了金银潭医院在这次抗疫工作中的非凡成绩和奉献精神,表示坚决服从并支持医院的各项安排。

会后,我去蹭听了一场关于联合医疗质量管理的会议,我们队的几位教授都在专家组的名单里,看样子以后他们会更加忙碌。

会议一结束,赶紧往酒店赶。今天郑队过生日,大家已经在酒店翘首以待了。郑队出现的时候,全场响起掌声。许愿前,郑队说:"武汉是一座英雄的城市,为了这次战疫,做出了牺牲;这38天里,我们看到疫情对武汉人民生活的影响,也看到了武汉人民的

付出和坚韧,看到了武汉人民为抗疫做出的努力,特别是金银潭医院医护人员的艰辛,看到了像陈总(酒店经理)这样的优秀企业家,牺牲了自己的利益为我们服务,我们向他们表达最最崇高的敬意!我们感谢所有的武汉人民!"

最后,郑队对着蜡烛,郑重许下了他的生日愿望:"一定会把我们这支医疗队平平安安地带回上海!"

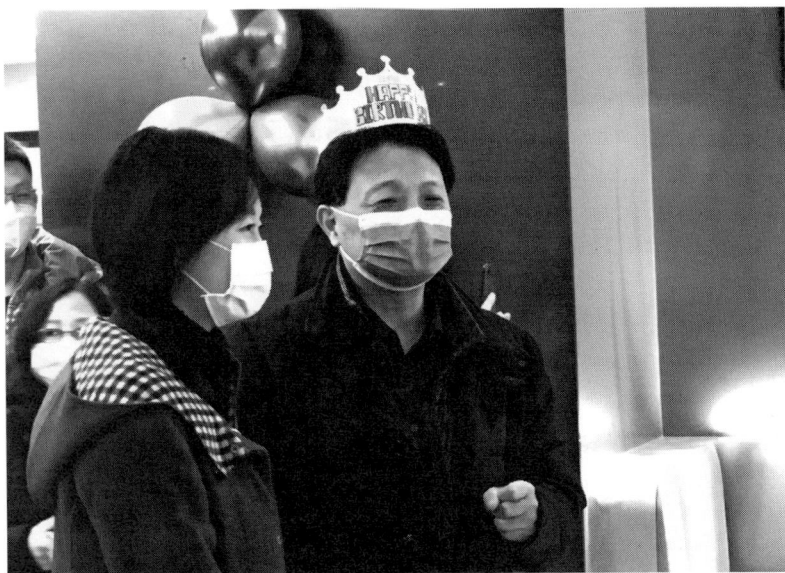

祝郑队(右一)生日快乐!

不是医者的他们进隔离病房就是一种伟大!

> 我们看到的隔离病房的故事,都是记者同志们冒着各种风险拍摄的。不是医者的他们进隔离病房就是一种伟大!

3月3日,援鄂第39天,武汉,阴。

今天查房班。自从有了上次白班(上班时间为10个小时)进隔离病房浑身湿透、因为无法换洗而"捂干"的经历后,我就在我们小组提出:可否查房班医生进隔离病房,白班医生在外面留守。这样查好房就可以回酒店清洗。没想到我一提出这建议,全组医生都同意了。我们小组的六位医生来自上海六家不同的医院,一个多月来,我们在周教授的带领下,成为一个密不可分的团队,大家互相帮助,互相提醒,默契配合,团结友爱。

今天周教授要进隔离病房查房。只要我们组有危重病人,他都要进去查房,而重症病房,怎么可能没有危重病人呢?

今天查房需要带一位记者跟拍。我们的记者同志被周教授安排给了今天的院感老师,指导他戴口罩、帽子、穿防护服、戴第一层手套……记者同志就是一个穿防护服的"菜鸟",我在边上,时不时地也指导一下。周教授穿防护服的速度我插翅也赶不上,我在周教授眼里可能也是菜鸟啦。

三个人全副武装后一起进入隔离病房。跟着周教授查房，总是感觉到人文关怀的力量。在他眼里，病人首先是人，其次才是他的病，他总是去安慰，常常去帮助。

一位从其他病区转来的危重病人，需要高流量吸氧，已经住了一个多月了，病情以及紧张使得他的呼吸和心率都很快。周教授详细询问他的情况，得知他既往没有肺部基础疾病，只有心血管系统疾病，给他做了体检，安慰了他，告诉他目前的肺部情况是合并了细菌感染，我们会用药物控制病情，让他放心。

接下来一位病人是位88岁的老先生。周教授检查后觉得他之前把胃管自行拔掉了，现在靠护士喂食少量流质，一方面容易呛咳，引起吸入性肺炎；另一方面营养不够，不利于病情的恢复，所以还是需要给他插根胃管。周教授让护士先给他准备胃管，等会他来插。其实我心里在说，"这么简单的活，怎么能麻烦这么德高望重的教授啊，我来就行。"可是，我是周教授的兵，得听指挥。

接下来的患者需要拆第一次气胸的缝线，周教授又是亲自动手……唉，周教授把活都干完了。为了刷一下我的存在感，趁周教授认真拆线的时候，我只能再次对病人进行了戒烟宣教和增肥要求（对他来说，太瘦容易气胸），吸引病人的注意力。看样子我要把戒烟宣教在隔离病房进行到底了。

查完房，周教授回到准备插胃管的老先生那里，一丝不苟地插好胃管。

查完我们组的病人，周教授又去看了第二组的一位病人，也是我们队目前最重的一位病人，周教授在病人床前就病人的情况和二组的熊教授讨论了一下。最后，记者同志拍摄了一组护士们的工作照。画面中认真工作的她们，真美！我一扭头看到记者别扭地半蹲着，不断地抓拍着。每一行都不容易，大家都知道我们医护人员的艰辛，又有谁看到记者们的艰辛。我们看到的隔离病房的故事，都是记者同志们冒着各种风险拍摄的。不是医者的他们进隔离病房就是一种伟大！

出隔离病房时，指导记者脱防护服的任务就交给我和里面的一位护士了，包括相机的紫外线消毒，消毒湿巾纸擦拭等。每一步，都来不得一点马虎！

下午，群里说又有爱心投食了，这回是阿里巴巴"马爸爸"的爱心投食，是"一点点"的奶茶和必胜客的鸡翅，投喂的盒子上写着："医之大者，亦士亦侠。"小伙伴们边啃着鸡翅，边喝着奶茶说："以后'双十一'继续买买买，感恩'马爸爸'。"

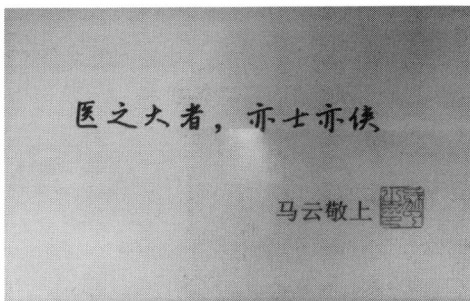

马云寄语

晚餐后在酒店门口走动消食，无意间看见郑队和周教授拎了个蛋糕，估计是要去万豪酒店为某同志送上生日祝福。曾经有人提出，把同一个月出生的同志的生日放在一天一起庆祝，可是，郑队为了让每一个人都有家的感觉，都有被重视的感觉，决定还是单独为每一位庆祝生日。这样他们自己就要辛苦些，一次次来回奔波于两个酒店之间。

全能的陈教授

在我眼里,他就是队里的"哆啦A梦",什么都能干。能插管、能做CRRT、能做ECMO、能做床边超声……

3月4日,援鄂第40天,武汉,晴。

今天天气晴朗,坐班车去医院时看到酒店门口的早樱已经在枝头露出浅浅的粉色,看样子,用不了多久就能看到盛开的樱花了。

今天白班,一上班就看到郑队在发火,不想"中枪",默默地躲到角落里。原来是昨夜收病人的过程没有完全符合规范的流程。郑队强调,"一定要规范流程并且按流程做事,否则万一病人有什么意外,谁也担不了责任。"是啊,规范是我们医疗队在金银潭医院工作40天的质保生命线。团队经过磨合期、质量提升期,正是应该发挥效应的最佳时期。这一个个时期,都是我们规范了流程才能做到的,我们办公室的墙上,贴满了"规范"和"流程"。

第二组的一位女病人继前天气管插管之后,昨天下午进行了CRRT(连续肾脏替代治疗)。昨天上午交班的时候说到病人尿少,经过专家组的讨论,决定给病人进行CRRT,这是我们医疗队在武汉的第一例CRRT操作。我们没有肾内科的专家,可我

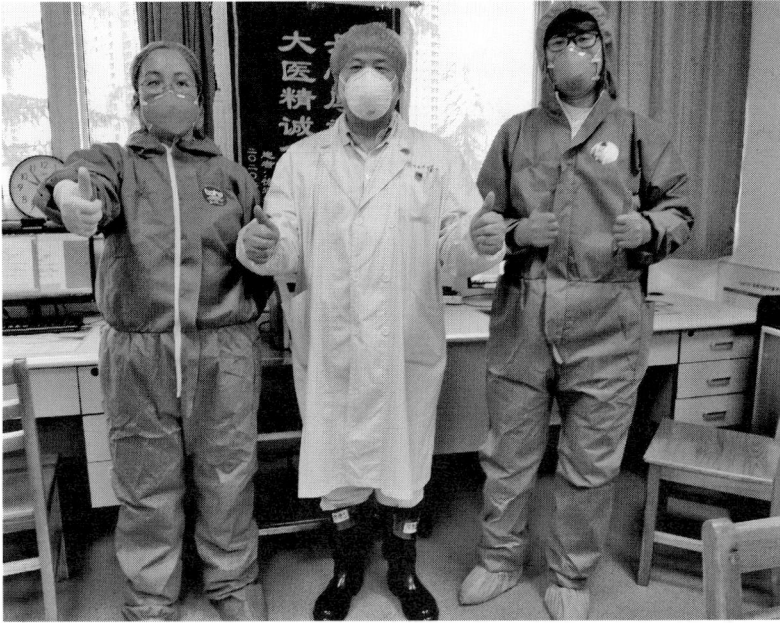

和陈教授合影（左起：查琼芳、陈德昌、刘瑞麟）

们有重症组的陈德昌教授啊。在我眼里，他就是队里的"哆啦A梦"，什么都能干。能插管、能做CRRT、能做ECMO、能做床边超声……还能在病例讨论会上就新冠肺炎的炎症机制提出独到见解。昨天下午他和北三楼"熊大熊二"组合（一位呼吸科主任、一位重症医学科副主任），还有我们的劳模护士长一起进入隔离病房，为病人进行了超声引导下的股静脉置管，完成了CRRT的操作。

今天早交班后郑队反复关照护士长和几位专家教授，一定要形成专门的CRRT护理组和医师组，要关注病人的每一个诊疗细节，达到精准治疗。

白班的工作非常多，二组有CRRT和气管插管的危重病人，三

组有新收的昏迷病人，今天还需要联系医务处、联系家属。我们组的事情也不断，需要不停地处理。

中午的时候，联合医务处发来通知，今天晚上7点会在行政楼会议室进行病例讨论，是ICU的两位病人。作为联合医务处的一名干事，我当然要"干事"喽。在三楼医生群、二楼医生群分别发通知，希望有时间的队员参加学习，通知今天晚上参加讨论的专家组成员，收集病人病史发给专家……感觉像是换个地方又担任起病区大组长的职责了！

下午6点，和夜班医生准时完成交接班，换好衣服，匆匆忙忙赶往万豪酒店蹭顿晚饭，饿了一天，需要补充一下能量。因为时间太赶，吃得也太快，感觉把所有的东西都倒进了胃里，然后又不停歇地赶往医院。在去医院的路上，暗暗为自己的胃鼓劲，一定要争气，不能在这个特殊时期出幺蛾子。

张定宇院长主持病例讨论会

　　病例讨论在三楼的会议室举行，按照张定宇院长的说法，"本以为不会有多少人参加，没想到来了这么多人"，看样子大家的学习热情高涨啊。每一次学习，都是一次提高！

　　讨论结束，赶晚上9点的班车回酒店时，在医院门口，我见到了夜间收病人的情景。

　　班车上，医疗队的大群里已经在不停地讨论家乡美食。原来，队长助理张明明告诉大家，明天会有锦江国际集团的大厨们特意为上海援鄂医疗队赶制的家乡菜肴到来。这是他们第二次投喂我们了，我刚吃完他们第一次投喂的蝴蝶酥，就又来一批美食。感谢上海锦江集团，感谢上海市政府对我们的关心和爱护。此后的医疗队大群里，似乎想吃的上海美食就刹不住车了，有小笼包、小杨生煎，有白菜猪肉大馄饨、荠菜馄饨……甚至有小伙伴想到了日料，看样子我们医疗队的"吃货"会越来越多。

　　今晚可以在家乡的美食中入梦了。

今天是惊蛰，宜祈福

古人有云："瘟疫始于大雪、发于冬至、生于小寒、长于大寒、盛于立春、弱于雨水、衰于惊蛰。"冬天从这里夺去的，春天会交还给你，希望接下来的每一天，都越来越好！

3月5日，援鄂第41天，武汉，晴。

今天休息，我吃好早饭跟周医生一起去酒店门口晒太阳，顺便欣赏一下路边的樱花。路边的樱花已经开了，只是红色的树叶遮挡了粉色的花朵，所以远远望去还是树叶的一片红色，或许等满树樱花开时，就是粉色的樱花树吧。

今天的工作群里放了熊教授为气管插管病人进行支气管镜肺泡灌洗的照片。面对传染病患者，这是一个风险很大的操作，但熊教授还是勇敢地迎难而上。

熊维宁教授是上海九院的呼吸科主任，也是我们这支医疗队医生组的副组长。工作中，他严肃认真，被大家尊称为熊教授；但私下里他和蔼可亲，大家则习惯称他"熊大"，是我们北三楼重症组"熊大熊二"组合中的"熊大"。

说起这名字的来源，按照熊教授的说法，平素人家称他为"老熊"；到了武汉后，队里多了一个叫"大雄"的华东医院重症医学

科的吴志雄副主任。为了更好地区分他们两人，两人就成为"熊
大熊二"两兄弟。

与"熊大"合影

与"熊二"合影

"熊大"教授刚到武汉的时候，看到那么多新冠肺炎病人住不上医院，便在心里埋下了一个美好的设想：建立"方舟"医院，把病人都收到游轮或江轮上，集中隔离和管理，医务人员每天上船救治病人。游轮上可以晒太阳，有助于杀灭病毒，还可以组织些表演，让大家心情愉快。没想到刚想没多久，武汉就开始设立方舱医院。再后来，听说由于酒店的房间紧张，医务人员将要住到江轮上了。可见，尽管目标人群有了变化，我们熊教授的设想快要实现了。熊教授平易近人，他的技术也是杠杠的。我们组的第一例气管插管就是他和周教授抢着上的，尽管他后来没能抢过周教授。

我上午在朋友圈里看到了一条让人美滋滋的好消息——上海锦江国际集团的美食已送到了雷神山医院。仁济医院的同事们也都纷纷晒上了美图。于是我就开始了等啊等的节奏，等着家乡的美食。下午两点多，我们的家乡菜也到了，伙伴们开心地领到了特色家乡菜、点心和休闲食品，我还在食品里面看到了一只玩具熊，尤为惊喜。我认真地看着锦江给大家的慰问信，才发现这是特别为"80后""90后"准备的"守护熊"玩具，希望能帮助大家舒缓压力，放松心情，持续健康地投入抗疫工作。作为"70后"，我也蹭了一下年轻人的光，领了一只"守护熊"相伴。

今天是"3·5学雷锋"的日子。现在走在路上，虽然找不到需要扶着过马路的老奶奶，可是仍有无数为武汉市民服务的志愿者。我远远地看到超市门口停着一辆大巴，不停地有人从超市的边门拎着东西送上车子，这应该就是新闻里所说的每一个小区的志愿者在集中为居民采购生活物资吧。

这场疫情导致武汉封城，让武汉人民面临了很多难题，包括衣食住行、求医问药。这时候,这些志愿者挺身而出,主动帮大家排忧解难。平时我们称他们为志愿者,但他们其实就是"雷锋"！还有那些不远千里为我们送来美食和问候的司机以及他们背后的上海人民,还有接送我们上下班的武汉司机、为我们做饭、服务的酒店员工、门口年轻的保安、免费为医务人员服务的滴滴司机……大家都在学习雷锋好榜样。我们也应该像《雷锋日记》所述:"还应该多做一些日常的、细小的、平凡的工作,少说漂亮话。"

今天是惊蛰,宜祈福。古人有云:"瘟疫始于大雪、发于冬至、生于小寒、长于大寒、盛于立春、弱于雨水、衰于惊蛰。"冬天从这里夺去的,春天会交还给你,希望接下来的每一天,都越来越好！

被美食"宠坏"的一天

今天夜班,下午美美地睡了一觉,睡醒后跟家里视频了一下,又是叮嘱多喝水、多休息、多吃水果、多吃饭。

3月6日,援鄂第42天,武汉,阴。

今天的天阴沉沉的,可是吃到家乡菜的我们心里却乐开了花。我们从昨晚开始疯狂地品尝平时即使在上海也少有机会吃到的锦江大厨做的美食,更何况是带着满满爱心的大菜。

说疯狂是有原因的,这些食物都有一定的保质期,两天、三天,最长的XO酱常温也就六天。本着不能辜负爱心、不能浪费粮食的原则,在没有冰箱保存的前提下,最好的办法就是进自己的肚子!伙伴们会带着自己的那份进餐厅"硬"要和大家分享,也会拿个塑料袋装好挂在窗口,只为可以多放几天,当然更多的则是埋头大吃啦。群里老师那份"什么东西吃到哪天"的善意提醒,让大家更有了紧迫感。哈哈,这也是"甜蜜的负担"。

吃完八宝辣酱和蟹粉就着白粥的奢侈早餐后,继续酒店门口的消食活动。这次我和周医生走得稍微远了一点,来到了马路的对面。商场大门都是紧闭的,肯德基、屈臣氏、儿童乐园也都是大门紧闭。唯一开着的就是一家酒店的门,在酒店门口,我们看到了

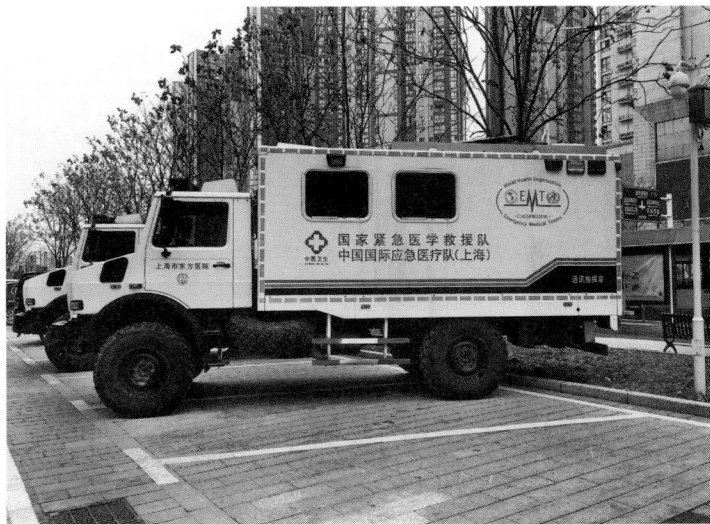

看到家乡的车好亲切

沪牌的车子，仔细一看，原来是上海东方医院的国家紧急医学救援队的车子。人生何处不相逢，东方医院医疗队工作的武汉客厅就在我们之前住的万豪酒店边上，在金银潭医院马路对面，现在我们搬了家，没想到还是邻居。现在，远离家乡，看到上海的车子都让我觉得亲切起来了。

中午依旧带着家乡菜进入餐厅。今天，餐厅为大家准备了"武昌鱼"，这就是毛主席所说的"才饮长江水，又食武昌鱼"的武昌鱼。吃完午饭，我们又喝了酒店陈经理特意为大家准备的银耳桃胶羹。昨天我们刚刚喝了暖胃的红糖姜茶，今天又是桃胶银耳，润肺，看样子陈经理准备把我们"宠坏"。

今天夜班，下午美美地睡了一觉，睡醒后跟家里视频了一下，又是叮嘱多喝水、多休息、多吃水果、多吃饭。这么多的爱心，我能

家乡的味道来了

不吃吗？

　　上班前，我收到来自仁济医院在雷神山的后勤施阳老师的问候，说今晚会给我们在金银潭医院的四人小分队送来仁济的娘家菜，同样也是家乡的味道，是我们仁济食堂沈大成做的真空包装的美食，有四喜烤麸、油焖笋……

　　今天白天在家乡的美食中度过，感谢每一份美食的制作者。晚上，带着吃撑的肚子将继续三女将夜值。希望每一位病人都平平安安的。

胜利的脚步越来越近

郑队结合武汉每日的新发病例数和出院人数,告诉大家胜利的脚步越来越近了,但希望大家一定要小心再小心,对于防护永远不能松懈。

3月7日,援鄂第43天,武汉,晴。

昨天夜班,有事的只是二组气管插管并CRRT的病人,血压、尿量、入量、血氧饱和度……一晚上似乎都在围着她转,对我们来说,她就是我们的VIP。

早上交班,郑队又提到了人文关怀,提到了武汉三院的上海市第三批支援湖北医疗队队员,来自我们仁济医院ICU的余跃天医生在隔离病房跪地10分钟为病人胸腔闭式引流的那张照片;提到了中山医院援鄂医疗队呼吸治疗师刘凯医生陪病人做CT时,特意停下来陪病人欣赏日落的照片。

这两张照片虽然只是一个瞬间,但被有心人拍了下来,打动了无数人。这些平凡的小事,几乎所有的医护人员都在做,为了病人的体位舒适,为了操作的方便,为了让病人心情愉快……无论是平时,还是在抗疫战争中,这些在我们眼里只是平常事。医患之间这些关爱和互动的瞬间,感动了每一个人,郑队希望大家也要做个有

心人。

另外，郑队结合武汉每日的新发病例数和出院人数，告诉大家胜利的脚步越来越近了，但希望大家一定要小心再小心，对于防护永远不能松懈，对于生活一定要服从组织纪律，也要注意安全。

出夜班回酒店的班车上，看到路边的樱花越开越美，看到金黄色的油菜花已经盛开，还有黄色的迎春花、满树的白玉兰……春天真的到了，武汉越来越美了。

下午1点，有一场特别重要的党员大会，今天上海医疗队会有17名入党积极分子火线入党，这里就有我们仁济医院外科ICU的吴文三护士，也是我们上海第一批援鄂医疗队临时党支部第六小组的一名入党积极分子（和我一个小组）。他从2005年入职以来，工作一直兢兢业业，勤勤恳恳，是ICU公认的好人。在仁济工作的这些年，他熟练地掌握了ECMO等很多专业知识和技能；在思想上一直向党组织靠拢，在上海时他写过入党申请书，到达武汉后他又第一时间递上了入党申请书；在工作中他服从医疗队领导安排，发挥自身的专科优势，全心全意为病人服务，参与队里首例ECMO的护理，参与CRRT的护理，主动承担一些高风险的操作，还注重患者的生理和心理的护理。平时休息的时候，他也是我们志愿者小分队的一位壮劳力，上次我搬家，就是他主动提出帮我的忙。今天他火线入党了，我和他一样高兴，为他骄傲，为他自豪。

还有一位"兴哥"，是通过周医生认识的。他是奉贤区中医院的，来的时候他们医院只有他一位男性，所以搬重物、照顾女生的事就都落在他头上。到了金银潭医院，他在院感组，早上经常能看到他在办公室拖地、擦桌子、消毒键盘……我有几次进隔离病房前穿防护服也是他帮忙的。

是金子总会发光的，今天，他们光荣地加入了中国共产党。

在郑队的带领下，大家进行了入党宣誓："我志愿加入中国共产党，拥护党的纲领……随时准备为党和人民牺牲一切，永不叛党。"嘹亮的宣誓声响彻耳边。

党员大会前，我作为一名老党员，在党旗下拍照留念。党员大会后，本想给吴文三来张单独的宣誓照片，可惜党旗下的人太多，只能抢拍一张，留作纪念。

临睡时，郑队致各位女神："你们是父母的'小棉袄'、爱人的'绕指柔'、儿女的'避风港'，而现在你们还有一个身份——最美'逆行者'。在新冠肺炎疫情面前，每一位逆行的医护人员，都是一道光，都是眼里藏着星辰大海、心中怀有人间大爱的天使。在第110个三八国际妇女节来临之际，请允许我代表医疗队全体男同志、临床党总支，向奋战在抗疫一线的最美天使、我们的女神们致敬！"

把春天送给你们

我们没法替你们上前线，很难想象你们的压力。但我们想，也许，我们可以把春天送给你们。没有你们，也就没有春天。

3月8日，援鄂第44天，武汉，多云转阴有雨。

吃过酒店为大家精心准备的"三八节"特别早餐——紫色玫瑰花点心后，我和周医生想去寻找金银湖。自从上次坐车经过一次后，我就对金银湖念念不忘，不忘湖边的垂柳以及波光粼粼的水面。记忆中的路线就是沿着门口的金银湖路笔直走，就能到达美丽的金银湖湖畔。

今天休息，又是"女神节"，里面穿着手术衣（可以证明我是医务人员），外面套着厚大衣，即使口袋里没有工作证，没有通行证，万一碰到警察，应该也能放行吧。

行走大半个小时后浑身冒汗，可还是没有看到期待中的金银湖，只能"灰溜溜"地走回来。到酒店，工作人员告诉我们，只要从酒店后门直走，没多久就能到湖边，当然我们走的方向也可以到湖边，只是距离比较远。唉，只是少问了一句话，就错误地判断了路程的远近。我们的计划泡汤了，看样子只能换个休息时间再探索美丽的金银湖。

今天有位中山医院青浦分院的护士过生日。12点不到，我赶往餐厅，女神节加上生日，一定要为她送上祝福。可惜的是，为了让祝福的时间更有意义，郑队和周教授在11点38分为她点燃了生日蜡烛，送上了生日祝福。我虽然错过了为她唱响生日歌，可是没有错过吃蛋糕，看样子我是一个很有"吃福"的人。今天青浦小分

女神节的礼物——玫瑰

队都到了，听青浦队长周峰老师介绍，青浦队近20名医护人员，绝大部分是共产党员，在困难面前党员永远都是冲在最前面的。看着他们一支小分队人多力量大的样子，真心羡慕。

下午，东西湖区的李区长要来慰问我们这些女同胞。在经历两次"失误"后，我早早到了酒店大堂。外面下起了雨，我们今天休息的十多位女医护人员都坐在酒店大堂里。李区长一行带着玫瑰和郁金香冒雨赶来，为大家送上节日的祝福。

郁金香来自武汉的郁金香花园。为保持花的新鲜度，由几位志愿者连夜采摘后请武汉的插花协会把它们插好后送来。玫瑰花更来之不易，从云南空运到长沙，连夜通过高速到达武汉。抗疫战时的鲜花，来之不易，代表了东西湖区70多万老百姓对我们节日的问候、祝福以及崇高的敬意。捧着手中的鲜花，我们感谢那些在

女神们的合影

背后默默为我们提供帮助的无名英雄。我们只是做了我们应该做的事,承担了属于自己的责任,却受到这么高的礼遇!

晚餐时碰上郑队,他对于我缺席今天下午的死亡病例讨论和汇报总结表示惋惜,看样子我虽过上了第一个没有工作的女神节,却错过了一场知识的盛宴。鱼和熊掌,不可兼得。

临睡前,看到了云南花农写给武汉一线抗疫白衣天使们的一封信。信中写道:"……我们没法替你们上前线,很难想象你们的压力。但我们想,也许,我们可以把春天送给你们。没有你们,也就没有春天。"

春天,不就在我们身边吗?

见到"娘家人"

看到张副院长的第一眼,他说的居然是"认不出来了,你怎么跟平时不一样啦?""面膜没用吗?"

3月9日,援鄂第45天,武汉,阴有雨。

昨夜,意外收到一封来自一位北京民警的信。因为武汉目前收信不便,所以他托朋友拍照,通过微信转给援鄂的医生,他的朋友就想到了我。

信中写道:"我很荣幸,自己也是抗击疫情中的一员,刚刚完成执勤任务,虽然,有些累,但与你们辛苦的付出相比,真的不算什么。我始终相信,白衣天使、人民子弟兵、人民警察,无论任何时刻,任何地点,我们都会将黑暗挡在人民面前,因为我们始终相信,那是一份爱,是一份对祖国、对人民的爱……虽然我们所穿的制服颜色不同,你是白色,我是国际蓝,但都同样代表着一种含义:希望……"感谢这位人民警察,我们所处的阵地不同,但我们都在为人民而战,我们都在为抗疫做出自己的一份努力。枕着理解和共同的理想入睡,梦中的世界美好和平。

今天查房班,继续跟着周教授进隔离病房。我们关注的重点对象两天前因为呼吸衰竭,周教授给他进行了气管插管和有创呼

吸机辅助通气。这位病人在其他病区已经住了近50天，因为新冠肺炎合并肺部细菌感染，呼吸衰竭，一周前转入我们重症病房。病人很焦虑，病情和病程都影响了他的情绪，对于治疗也一度不配合。在心理医生的辅助下，总算配合治疗了，可是病情却没有好转，呼吸频率一直很快，从而影响了心脏的功能。所以两天前从高流量吸氧转为有创呼吸机辅助通气了。

据周教授说，前天做气管镜引导下气管插管的时候，从病人的气道里吸出很多分泌物。今天他的情况较昨天有所好转，痰明显减少了，需要的氧气浓度也比原来低，用的升压药也逐步减量了。看样子，有希望拔管脱机啊。希望他的情况能越来越好。

我们的7床气胸病人被转到了另一个房间，他是我们现在捧在手心里的"宝"，不能有半点意外。从用呼吸机辅助通气到鼻导管吸氧，当中又经历了两次气胸，我们陪着他走过了许多无比艰难、艰险的旅程，真可谓如履薄冰，步步惊心。现在他可以不吸氧在走廊里稍微活动活动了。按照国家诊疗方案，他已经达到出院标准，但是他活动后的氧饱和度还不能满足他的正常生理需要。病人说已经买了制氧机，但一直还没有收到。周教授许诺可以送他一个制氧机，让他带到隔离点或者带回家，这有利于他之后的康复。看样子，我们又有一位病人快出院了。

查完房从隔离病房出来，依旧是全身汗湿。

下午回到房间，刚洗完澡吃完午饭，就听到来自仁济医院"娘家人"的呼唤。我们仁济医院出征雷神山医院的领队张继东副院长来全季酒店开会，我借光终于在到达武汉的第45天见到了我的"娘家人"。一分钟也没耽搁，怀着无比激动的心情冲下楼，看到张副院长的第一眼,他说的居然是"认不出来了,你怎么跟平时不一样啦?""面膜没用吗?"好耿直啊!看见女同胞怎么可以这么说呢?!

刚下班,洗完头来不及吹干头发,带去医院体现形象的金丝边眼镜还泡在消毒水里。所以散着长发、戴着备用的黑框眼镜,样子虽不怎么样,可是激动的心快飞出来了啊。算了,冷静下来,简单汇报一下工作和近况吧。

之后把张副院长带到会议室,发现郑队已经在会议室等着了。我赶紧和张副院长来张合影。紧接着就是高层会议啦,我赶紧溜。

回到房间,平复一下心情,才想起来忘记问雷神山的伙伴们怎么样了,忘记了很多很多想说的话。等到疫情结束,等到春暖花开,让我们再相聚吧。

晚上收到张院长的短信:"大年三十送你走,一别已是一个半月,今天发现你眼角纹多了,口罩外的皮肤干了,真的心痛,注意休息,多保重。"原来领导还是粗中有细啊!

这是家乡各界对"逆行玫瑰"们爱的传递

2020年3月8日,国际妇女节,上海,我们的家乡,在浦江两岸为战"疫"玫瑰亮起了粉红灯光,致敬巾帼英雄!

3月10日,援鄂第46天,武汉,晴。

今天白班,坐在充满消毒药水味道的班车里,感受到了初春的寒意,武汉降温了,又是一个倒春寒。

二组的一位病人与病魔苦苦斗争了两个月,最终还是走了。新冠肺炎,危重症,从无创机械通气到气胸,再到有创机械通气,CRRT,从病毒感染到合并细菌感染,再到真菌血症,两个月医护人员的共同努力,仍然没能挽救她的生命。心情也随之悲伤起来,愿她一路走好。

交完班,郑队告诉大家,昨日国内新冠肺炎新增仅20例,今天武汉所有的方舱医院关舱。一系列的好消息似乎预示着胜利的曙光就在眼前,不,我们仿佛看到了太阳从江面上冉冉升起,万道光芒照在武汉这个饱受创伤而英雄的城市上空。

下午在办公室碰到了一位志愿者。在此之前他帮我们拖地,我一直以为他是我们的院感老师,穿着隔离服,戴着口罩帽子,也实在分不清谁是谁,结果他说他是志愿者。

他原来在公司上班，后来金银潭医院招募志愿者，他就报名了，一个月前来到医院。他做的事情主要是收医疗垃圾，打扫卫生。我问他，"你进隔离病房吗？"他说，"要进去收垃圾和医疗废物。"问他害怕吗？他很腼腆地说，"第一天进去的时候怕，后来就不怕了。"问他，"还回家吗？"他笑了。不能回去，住酒店，吃盒饭，每天来工作就是他们现在的生活状态。感谢武汉的这些志愿者，在金银潭医院缺乏工勤人员的时候挺身而出，不畏风险，他们都是无名英雄。

下午，办公室来了两个护士服穿得不怎么整齐的小哥，一个扛着摄像机，一个拿个话筒，看见我们三女将在办公室，就进来问我们能否看一段视频，顺便说几句话。我知道我们估计就是那"路人甲"了。周医生说他们是"香蕉台"的，从话筒上的图标可以看出来。"为什么叫香蕉台？"周医生跟我科普了一下，比如湖南卫视，又叫"芒果台"，上海电视台，图标像香蕉，就叫"香蕉台"。唉，我的无知被鄙视了。

我又看到了那段让我无比感动的视频，2020年3月8日，国际妇女节，上海，我们的家乡，在浦江两岸为战"疫"玫瑰亮起了粉红灯光，致敬巾帼英雄！这天夜晚，申城的霓虹灯无比璀璨，处处温暖，为逆行天使们绽放。短短的视频让我感受到了家乡人民对我们的牵挂和爱护，你们给了我们勇往直前的勇气。这是爱的传递，你们通过我们，传递了上海人民与武汉人民同饮长江水的爱和情谊。激动和振奋之余，为自己默默打气加油，我们一定会坚守到胜利的那一天！

视频中，看到了周医生和李医生，曾经的陌生人，现在的好朋

137

友，我们开心地叫了起来。看完视频，接下来就是"讲几句"的时候了。可惜，看见话筒，我就语拙了，对于周医生的滔滔不绝，我和李医生深表敬意！

下班赶回酒店，做完清洁工作后，边吃晚饭，边看7点的新闻联播。今天，习总书记到武汉啦，听说到了火神山，到了社区……可惜没有到金银潭医院，不过新闻里看看，仿佛他就在我们身边。

好朋友发来消息，说在上海台的新闻里看到了我，我好奇，问："我在做什么？"她说："说话。""说话？说了啥？"过了一会，收到了周医生发来的新闻视频链接，原来，我们仨真的上了"香蕉台"，一人一句话的表现时间，哈哈，可惜了我们周医生的滔滔不绝了。

他的右肺曾压缩80%，今天康复出院

重症病房的患者出院，不能像方舱医院的患者那样载歌载舞，因为病人还是比较脆弱，来不得半点折腾。但我们祝福他的心是一样的。

3月11日，援鄂第47天，武汉，晴。

今天，我们组那个新冠肺炎合并气胸的病人出院，天公也作美。从昨天开始，我们就在为他的出院做准备了。我写出院小结，打印出来后让熟悉地形的刘组长去敲了医院的公章，在医院的内网上填报好出院申请（特殊时期的流程，需要医务处联系社区，社区把病人接到专门的隔离点）。护士为他准备好了制氧机，先试用，随后给他带回去。

这是我们组救治最成功的病例之一，刘组长建议大家一起进隔离病房跟病人来张合影。想到今天休息还要坐班车赶到医院，然后出医院就得从头洗到脚，太浪费时间，思来想去我还是没去医院合影。

这位病人是我们全组手心里的"宝贝"。他40多岁，二月初转到我们重症病房，来的时候嘴唇发紫，严重缺氧，我们给他上了无创呼吸机辅助通气，接下来他又出现了肝功能衰竭，我们赶紧给

他加强保肝。好不容易从无创呼吸机改成了高流量吸氧，肝功能也逐渐好转了，病人又出现了自发性气胸，右肺压缩了80%。

没办法，当时只能给他放置胸腔闭式引流。肺张开了，胸引管也拔了，没过几天，病人又出现了气胸，接下来就是我在隔离病房的第一次独立操作，800毫升的气体是我一针筒一针筒抽出来的。记得当时我一边抽，心里一边嘀咕："姐抽的不是气体，姐抽的是新冠病毒！"这种穿着隔离服操作的艰难和浑身闷热汗湿的感觉我会记一辈子。之后病人总算是太太平平的，一天比一天好，再也没有发生任何突发事件了。他的拆线也是我帮他拆的，还对他进行了戒烟宣教，所以记忆特别深刻。他的整个治疗过程让我们全组如履薄冰。

今天，他要出院了，我们由衷地高兴。重症病房的患者出院，不能像方舱医院的患者那样载歌载舞，因为病人还是比较脆弱，来不得半点折腾。但我们祝福他的心是一样的，出院那天合个影就是我们最大的心愿了。在工作群里看到他和周教授、刘组长等小组成员的合影，我心中羡慕，小心翼翼地把这张照片珍藏了起来。

病人出院后还需要到隔离点休息两周，我们嘱咐他要继续坚持呼吸康复锻炼。住院与出院患者都要进行呼吸康复锻炼，可以帮助改善呼吸困难的症状，促进早日康复。但是轻症病人和重症病人采用的训练方式有所不同。

为了让病人有更好的锻炼效果，二组来自中山医院的蒋进军教授把他们病房一个房间里三位病人的积极性调动了起来。三位病人都是退休的知识分子，都住院一个多月了，病情在逐步好转中，枯燥和长时间的住院生活让他们烦闷。蒋教授给这三位病人分别按上了头衔，一位鼻导管吸氧的做组长，另一位鼻导管吸氧的做副组长，最后一个高流量吸氧的患者因为只能卧床，做组员。三位同志互相监督，做呼吸康复锻炼，看各自是否合格。这样既鼓励了病人，又可以充分调动病人进行康复训练的积极性。

晚餐的时候，徐老大贡献出朋友从上海寄来的枫泾丁蹄，我们请餐厅的大厨帮忙切

美味小龙虾

好装盘，晚餐时所有的伙伴们都分享到了美味。刚吃完饭，下班回来的同事带回了金银潭医院发的半成品麻辣小龙虾，马上请餐厅大厨帮忙加工。于是，为了这美味小龙虾，我们戴着口罩在餐厅坐等了二十分钟，看样子大家再忙再累也不愿辜负这美味的小龙虾。

感谢司机志愿者们

师傅不在第一批志愿者里面,毕竟最初的时候谁也不知道事情的发展会如何。再后来,知道在防护下开车也没有想象中那么可怕,而且可以贡献自己的一份力量,师傅就报名了,开始了他在武汉封城期间的志愿驾驶工作。

3月12日,援鄂第48天,武汉,晴。

吃完早饭,准备出门走走,晒晒太阳,消消食。我和周医生打算再往金银湖方向走一趟。没想到,刚走了几步,还没到酒店后门,看见远处停着一辆垃圾车,几个穿着防护服的人在收垃圾。没办法,转头准备往前门方向走,一辆喷洒着水雾的车子迎面开来,清水还是消毒水?还是躲吧,这个时候估计消毒水的概率很高吧。真是前有"消毒水",后有"垃圾车",只能躲在酒店里,这里最安全。

回到房间,开始翻我的手机相册,做什么呢?看看有没有合适的照片,或许曾经抓住了某一刹那的美丽,可以参加我们医疗队的"我和武汉有个约会"手机摄影大赛。说起开展这摄影大赛,有两方面的因素:一是寻找大家手机拍摄的最美一刻,可以是人文关怀的那一刹那,也可以是风景中的一个角落;另一方面,在武汉近

50天了，医疗队员对于高压的工作已经适应，容易产生懈怠感，休息的时候找不到缓解的渠道，手机摄影可以让大家找到新的兴趣点，上班之余多发现一些周围的美。

另一条发在群里的微信又在提醒大家，援鄂医疗队常用药物调查又在进行了。这是我们的后勤刘老师在统计大家所需要的慢性病用药情况。我们医疗队队员中，有高血压、糖尿病、胃溃疡、窦性心动过速、早搏等慢性病患者。后勤老师通过各种办法为大家筹集所需要的药物。没办法，一方面，当时出发的时候没想到要带那么多的药；另一方面，金银潭医院是传染病医院，很多慢性病的药物不太齐全。这就要我们的后勤老师从武汉其他医院或从我们的大后方上海为我们筹集。

下午一觉起来，就要准备去上夜班。餐厅的晚餐已经提前到晚上5点开始，这样，我们6点上夜班的人就不用吃方便面，可以去餐厅吃得饱饱的再去上班。酒店为我们的衣食住行做了各种人性化的调整，这是其中之一。

今天的班车不是大巴，因为只有我们三个人，所以是一辆出租车。在夕阳下空旷的高架上，车子开得很快，只见路边的白玉兰花开得更盛了。

车上又忍不住和司机闲聊起来。司机师傅是自愿报名为我们医务工作者服务的。师傅在武汉封城前一天，还在出车，而且一天内接了七八个病人，都是要送往医院的。直到下午，车子上来了一位医护人员，看到师傅没戴口罩，惊讶地问他为什么不戴口罩，可那时的师傅哪有口罩啊。这名好心的医护人员给了师傅两个口罩。不久，武汉就封城了，车子不能开了。师傅不在第一批志愿者

里面，毕竟最初的时候谁也不知道事情的发展会如何。再后来，知道在防护下开车也没有想象中那么可怕，而且可以贡献自己的一份力量，师傅就报名了，开始了他在武汉封城期间的志愿驾驶工作。他接的客人都是医务工作者，不收费。

今天开始，我们在医院上下车的地点改了，不再是原来的正门口，因为在那里，我们经常会碰到送病人和接病人的车子。为了安全，我们更换了上下车的地点，只是为了那一句：平平安安地回家！

《勇气》

今天，我是在《勇气》这首歌的感动中度过的。

3月13日，援鄂第49天，武汉，晴。

昨天夜班接班没多久，我们组的一个气管插管加有创机械通气的病人，病情出现了变化，血气分析提示CO_2（二氧化碳）潴留，呼吸性酸中毒。怕气道堵塞，赶紧检查管道、吸痰，管道通畅，气道内却没有多少分泌物出来。马上调整呼吸机参数，新冠肺炎病人如果出现CO_2升高，提示肺通气功能受到影响，是预后不好的指标之一。

接下来的一个小时就是在漫长的等待和思考中度过了，同时把患者情况汇报给我们组的周教授，便于周教授后台指导。一小时后复查血气，总算是松了半口气。酸中毒比之前好转，CO_2也下来了一部分。这说明目前的呼吸机参数有用，但是比较高的吸气末压力又让我担心病人出现气胸或其他并发症。马上关照护士：病情如果有变化随时叫我；四个小时一次血气分析，结果出来通知我。我根据病人的血气报告和生命体征调整呼吸机参数。

在小组群里发了一下这位病人的资料和化验结果，看有没有可能找到更好的方法，请大家帮忙一起出谋划策。看样子这个夜

班要忙碌了,提醒自己务必要全神贯注。

清晨5点多,天色渐渐亮起来,窗外的鸟鸣声此起彼伏,感觉春天到了,鸟儿都飞了回来,给人勃勃的生机。

患者险险地度过了这个晚上,CO_2下降到一定程度后再也无法下来。不下来,预示着后续的结果不容乐观。今天我们还得继续和他的新冠病毒和细菌作斗争,但愿他能顽强地挺过这一关。不泄气、不放弃,我们一定会坚持到最后一刻。

交完班,接力棒交给今天白班和查房班的伙伴,拎着一包重重的吃食坐班车回到酒店。这是我们小组兄弟们对我昨晚焦虑和忙碌的慰问。这里面,有昨晚刘组长从万豪酒店餐厅拿到的最后两瓶啤酒,有徐老大的最后一包枫泾丁蹄,还有万豪的青芒果,甚至还有三个菜包子。组员们说,你是我们组唯一的女性,很重要。我告诉他们,再这样吃下去,我就不是很"重要"而是很"重"了。

回到酒店,领到了武汉市金银潭医院的工作证。总算可以"持证"上岗了!这样走在马路上,再也不用担心警察叔叔查证件啦!

今天,我是在《勇气》这首歌的感动中度过的。这首歌的歌词是我们仁济医院风湿免疫科李佳医生写的。

2月上旬,李佳告诉我,她们因为我的事情和受援鄂医疗队事迹的感染写了一首歌,需要一些我的照片和录像资料,准备做个MV。2月14日情人节那天,我收到了李佳发来的《勇气》导唱。那是第一次听到了这首歌的完整版。李佳说:"这是我们自己写的歌,送给前线的你们。"

可是,2月19日,早早报名援鄂的李佳自己就随着仁济第三批援鄂医疗队，来到了武汉雷神山医院。听说出征第二晚仁济医院宣传部门就连夜赶制了MV《勇气》。这首歌在上海、武汉等地被迅速传唱。

　　当听说著名男中音歌唱家廖昌永教授受邀后同意演唱这首公益歌曲的时候，我是抱着怀疑态度的。国内首屈一指的"美声大咖"怎么可能演唱医生写的歌呢？

　　今天亲耳听到廖昌永教授浑厚饱满、直击人心的歌声，亲眼看到仁济官微发布的东方卫视制作的《勇气》MV视频。我被震撼了！今天一天我都在反反复复播放着这首歌，好听而感人，温情而充满力量。原来音乐的"魔力"这么大，今晚可以好眠了。

　　晚上，大群里看到消息，锦江国际集团又来给我们投喂家乡美食啦，上次伙伴们提过需求的小笼包、腌笃鲜、熏鱼等美味已经在来武汉的路上了。这样的我们，会不会被上海的父老乡亲们"宠坏"呢？！

锦江第三次"投喂"

"请一定知道，迟到的是一顿年夜饭，但是上海人民对您的敬意与挂念从来没有迟到过。"

3月14日，援鄂第50天，武汉，晴。

连续五个晴天，让人心情愉快。休息日，金银湖边上走一圈，用手机拍了很多美丽的花花草草，凭我这摄影水平虽不能获奖，但自己看看也是心旷神怡。

中午到餐厅用餐，等着锦江国际集团的美食"投喂"。这是锦江的第三次投喂了。第二次投喂后群里张明明助理让大家提需求，各自报菜名，其中有小笼包、腌笃鲜，等等。今天，这些上海美食真的来啦！

吃完午餐美食才到。为了保证小餐厅一人一桌的要求，我们这些先吃好的只能让位后来者。不过，在楼下看着一箱箱的美食，即使刚吃饱，我还是垂涎欲滴。餐厅的小伙伴们不时传来在餐厅坐等喂食的图片。

伙伴们一人一桌，排排坐，等着蒸笼里的小笼包加热好。那样子，用饭后在大堂消食的姑娘的话，"像不像一群等待老师发卷子的学生呢？翘首以盼，等待'试卷'上桌啊。"看样子，吃货的世界,大家都懂。

下午5点,我早早来到餐厅,还没来得及去认领我的那份美食,周医生就拿着她的那份腌笃鲜到了餐厅,交给厨房帮忙加热。餐厅的微波炉边上,放着一笼笼的小笼包。蒸笼里的小笼包也热了,可以敞开肚子吃。看样子,没有冰箱的我们,把这些小笼包都交给厨房了,接下来的几天,我们可以每天用小笼包当点心了。

饭吃完了,可我们的爱心美食还没好。服务员说,"还要等一个小时左右。"周教授说:"啊呀,熏鱼不用蒸啊。"原来周教授把他的美食都交给了厨房,可厨房不知道上海熏鱼是不能蒸的,一起放进了蒸笼。想想蒸了一个小时后的熏鱼,不知是什么味道,我们都忍不住笑了。真是一个美丽的错误。

吃完饭去领我的爱心美食,小笼包留在餐厅,佳看拎回房间。打开包装,把慰问信认认真真读一遍,那么多大厨做的美食,在上海也不容易吃到! 即使有钱有闲,也得跑五家酒店或饭店才能吃到。

更让人感动的是,我们每人收到了一张"迟到的年夜饭,回家的团圆饭"的"锦宴到家"兑换券,上面写着:"请一定知道,迟到的是一顿年夜饭,但是上海人民对您的敬意与挂念从来没有迟到过。"有千千万万的家乡人民在身后默默支持和关心我们,"宠着"我们,我们更应该全力以赴,保证完成任务。

吃完晚饭,叫了一辆滴滴专车。特殊时期,武汉的网约车停止服务。但滴滴平台有一个特殊的网约群体,名字叫"滴滴医务保障",专门为医护人员免费服务。

到全季酒店后没多久,我加入了这个群。为了不麻烦这些爱心司机,在今天之前,我从没叫过专车。今天特殊情况,需要非上班时

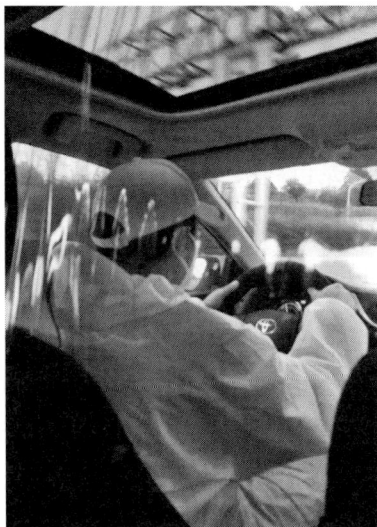

滴滴爱心司机

间去金银潭医院参加病例讨论，所以叫了一辆专车。司机如约而至。

上了车，我们坐后排。司机穿着防护服，戴着口罩、帽子，前后排之间用一层薄薄的塑料薄膜分开，在副驾驶的位置后面贴着一张纸，上面写着："车内的春天，安全有防护，但爱没有隔膜。"感谢这些可爱可敬的人们。

晚上7点，疑难危重病例讨论会准时开始，讨论会由上海援鄂医疗队的领队郑军华主持。今天有三个病例，一例是一位新冠肺炎无创呼吸机合并气胸的病人，一例是新冠肺炎ECMO成功脱机病例，还有一例是新冠肺炎合并艾滋病的病人。对于三个病例诊治情况的讨论，大家各抒己见，畅所欲言，不知不觉两个半小时过去了。

其间，郑队主持会议时运筹帷幄，应对自如；周新教授点评到位，重点突出。最后，因为时间已经很晚，不得不结束讨论，但大家还是意犹未尽。

郑队总结时提出要求：第一，为有效降低死亡率，提高治愈率，必须精准施治，一人一治；第二，全院同舟共济，共同奋战，为挽救每一例患者的生命而加强协作；第三，永不放弃任何一位患者，在医护救治病人的过程中加强人文关怀。

疑难危重病例讨论会

是啊，病区隔离的是病毒，但不是病人，凝聚的是人心，隔不断的是爱。向每一位患者传递温暖、传递希望也是我们的职责所在！

慎终如始，再接再厉

干完活，和几位老师一起在办公室讨论昨天的疑难危重病例，从新冠肺炎并发气胸的病理生理，到抗生素的应用，从ECMO的运用到艾滋病病人新冠肺炎的发病率。

3月15日，援鄂第51天，武汉，晴。

昨夜，贪吃的我喝完整杯喜茶的后果，就是夜间睡眠的碎片化，早上在闹钟的呼唤中艰难地爬起来。

今天依旧是晴天，高架上的车一天天在增多，穿着防护服的司机依旧把班车开得很快。路边的樱花越开越美，一排排的樱花树中夹杂着几株白玉兰，在春风中摇曳生姿。

我们的防护物资越来越丰富。今天在换口罩、帽子的地方，直接放上了N95的9132和1860型号的口罩（之前都是放在护士那边，进隔离病房才能按需发放）。

不过习惯在医生办公室戴一次性医用外科口罩的我们，还是舍不得N95，自觉戴上了一次性医用外科口罩，N95还是留在隔离病房用吧。

交完班后，郑队要求大家认真学习习近平总书记的讲话，要求大家慎终如始，再接再厉；要求大家做好安全防护，他说："照顾好自己就是为队里作贡献。"他也谈到刚刚从方舱医院撤下休整中的医疗队请战一线,甚至血书铭志,可见大家对于抗疫的决心非同一般。

今天依旧跟着周教授进隔离病房,查看几位气管插管有创机械通气的危重病人。我们气管插管的那位病人相对稳定了。周教授会问床位护士,"病人的气道分泌物多吗?"周教授也会盯着护士为病人吸痰,看吸痰管的深度,是否存在吸痰深度不够等因素。周教授还会检查病人气管插管的深度,担心管道是否有滑出。每一个环节,周教授都不肯放过。是啊,细节决定成败,不能忽视每一个细节。

我们的另一位患者,从来时的昏迷,到现在鼻导管吸氧时的对答如流,是我们组全体医务人员经过一个多月的抢救,付出了巨大心血的结果。病人看到我们,就跟我们抱怨夜间睡眠不好,周教授答应她晚上给她用点助眠的药,并嘱咐她今天去做个胸部CT,如果急性渗出已经吸收,只留纤维化,那就可以出院了。看样子我们又有一位病人快出院了。

查完我们组的病人,周教授又带着我去看了另一组的几位危重病人,他对每一位病人的情况都了如指掌,耐心地叮嘱着病人这和那。

脱完防护服,来到潜在污染区,院感老师对着我喷酒精,和护士长一起冲我笑。我悲催地知道,在脱防护服速度这件事上,他们笑我又被周教授"甩"了。

干完活,和几位老师一起在办公室讨论昨天的疑难危重病例,从新冠肺炎并发气胸的病理生理,到抗生素的应用,从ECMO的

运用到艾滋病病人新冠肺炎的发病率……在学习中努力提升自己。

坐上班车回到酒店,午餐时餐厅里除了蔬菜和汤以外,全是锦江国际集团"投喂"我们的加热过的美食,餐厅还提供了雪花啤酒。

吃完午餐,来到美丽的金银湖边走走,路上遇见警察,要求出示证件,可是我们没有随身带证件。只能表明自己的身份和所住酒店,并且连声抱歉。警察的服务也是人性化的,只让我们以后不要再在湖边走了,不要上马路,要注意安全,我们连声答应,乖乖地回到了酒店。酒店小哥告诉我们,酒店玻璃门上贴了告示,告诉大家只能在酒店周围走走,不能到马路上。看样子,以后酒店和它的周围就是我们活动的范围了。不过,可以理解,一切也是为了我们的安全考虑。

晚上,郑队在大群里发信息,要求各位队员一定要遵守相关规定,从严要求,慎终如始,再接再厉,争取取得圆满胜利!

给医学院的学生讲抗疫一线的故事

学校希望刘组长能以网课形式给学生们讲一下援鄂一线的故事。他辛苦多日，非常认真地准备了PPT。毕竟是培养下一代医生，来不得半点马虎。

3月16日，援鄂第52天，武汉，多云转阴。

今天的早餐，有馄饨。据说是我们的队员昨晚在餐厅帮忙包的，武汉人惊讶大家的馄饨包得一模一样，只能说大家是同一个馄饨学校毕业的，上海学校嘛。可惜我到得晚，没有吃到。

今天交班时，得知那个气管插管病人昨天出现了消化道出血，夜班医生紧急处理后目前情况稳定，真是一波未平一波又起。

交完班，郑队对大家嘱咐了一大堆"精神"：尽心尽力做好危重症病人的救治工作；院感工作要做好，做好消毒措施；要注意安全，注意防滑不要跌倒；注意交通安全，要严格遵守纪律；要休息好，做好自身慢性病的治疗，适当运动；做好物资和设备的清点工作；等等。

今天刘组长因为有同济大学医学生的课，所以请假晚到一会。现在特殊时期，也只能上网课了。学校希望刘组长能以网课形式给学生们讲一下援鄂一线的故事。他辛苦多日，非常认真地准备

了PPT。毕竟是培养下一代医生，来不得半点马虎。

今天依旧是我进隔离病房，除了常规查看危重症病人外，还带着任务：劝我们的一位病人（18床）出院。她昨天的CT显示，肺部病变确实如我们预料的一样，出现了肺纤维化。目前相关药物也都用了，但患者的症状（活动后咳嗽）估计还会持续一段时间，按照《方案》要求已经符合出院标准，但病人对于出院后的顾虑较多。

进隔离病区时，虽然没有周教授在前面做榜样，我穿防护服的速度是慢悠悠的，但还是超过了另外两组今天进隔离病房的教授，而且完全独立完成，不麻烦院感老师。穿完被检查还是一次通过！

在等中山医院蒋教授的时候，护士长徐瑾在我的防护服左手肩膀上画了一幅图，在蒋教授的右手肩膀上也画了一幅，然后两人来几张充满斗志的合影作为纪念。

我只看到蒋教授肩膀上的图，却看不到自己的图，从蒋教授的图上看，我们的护士长一定是个充满活力和爱心的人，也能看到她战胜疫情的信心。跟蒋教授约好一起出隔离病房（可以互相监督），我们就推开了隔离病房的门。

插管上呼吸机的病人脸色更苍白了，心率比昨天快，看样子，消化道出血的量不少，氧合还行。调整一下氧浓度，问一下床位护士病人气道护理情况，把呼吸机参数调整好，做好记录，等其他病人查完再回来看一下他的生命体征才能放心。

等到了18床那里，我严格执行周教授指示，把CT情况告诉了病人，并向她解释了目前咳嗽的原因，建议她可以出院慢慢恢复。

病人意有所动，但仍表示要考虑一下。看样子今天的任务是完不成了，任重道远。

出隔离病房，我脱防护服的速度比蒋教授快多啦，看样子周教授的鞭策颇有成效！天气暖和了，穿防护服后蒸桑拿的感觉越来越明显了，心疼我们的护士。

回到办公室，继续写病程录。周教授指示给出血的病人输血，改善贫血。输血可是有一堆的单子要填呐。上完网课的刘组长来接班，我去赶中午的班车回酒店，剩下的活就交给他啦。

晚上，郑队在群里发了一条消息："目前发放的文化用品有攀登读书、蜻蜓FM一年期的会员权益，请大家查收手机短信。"啊，这原来不是骚扰信息，今天下午我收到这两条短信，看都没看，想着又是哪里来的骚扰消息。看到群里不少小伙伴说把这两条短信都删了，或者拉黑了，还好我动作慢，没睬但也没删，看样子大家的安全意识真的很高。

"90后"的担当

作为一名"90后"共产党员,他是最早报名援鄂的人员之一。到了武汉后的第一天,他就在"中暑"式穿戴中上了近九个小时的班,一声不吭。

3月17日,援鄂第53天,武汉,晴。

今天是中国国医节。在今天之前,我对此节日知之不多。今天才从大群里被"科普"。"中国国医"即"中医",赶紧对中医出身的周医生说节日快乐。没想到,周医生说她也习惯过8月19日的医师节。今年的新冠肺炎疫情中,中医中药发挥了巨大作用,这提醒我们国粹不能丢,要关注中医,让中医药学更好地传承下去。

今天,部分援鄂医疗队开始从武汉撤离。朋友们纷纷发微信,问我们作为上海第一批援鄂医疗队,是否也要撤离。我只能说,一切行动听指挥,目前还没有接到撤离通知。武汉封城的第二天,我们就从上海出发,陪着英雄的武汉人民一起经历担心、忐忑、伤感、感动……现在,胜利就在眼前,我们一定要站好最后一班岗,坚持到我们需要坚持的时候。

下午的党员群里,张明明助理通知大家,晚上6:30在二楼餐厅为仁济南院的傅佳顺庆祝生日。赶紧为傅佳顺送上生日祝福,并通知仁济援鄂队的另外两位伙伴，邀请大家一起为傅佳顺过生日。可惜两人都要上班，只有我可以参加，我一定要代表我们仁济队参加这场有特别意义的生日会。

说起傅佳顺，尽管我们来自同一个医院，但却是在机场才认识的。接触了这么久，在我的印象中他就是一个腼腆、务实的小伙。1992年出生的他是我们仁济南院为数不多的男护士之一，也是南院急诊团支部书记。作为一名"90后"共产党员，他是最早报名援鄂的人员之一。到了武汉后的第一天，他就在"中暑"式穿戴中上了近九个小时的班，一声不吭。回首当初，他说自己也不知道是如何撑下来的。在我们面前，他从没叫过苦和累，这就是"90后"的担当吧。

昨天，看到习近平总书记在给北京大学援鄂医疗队全体"90

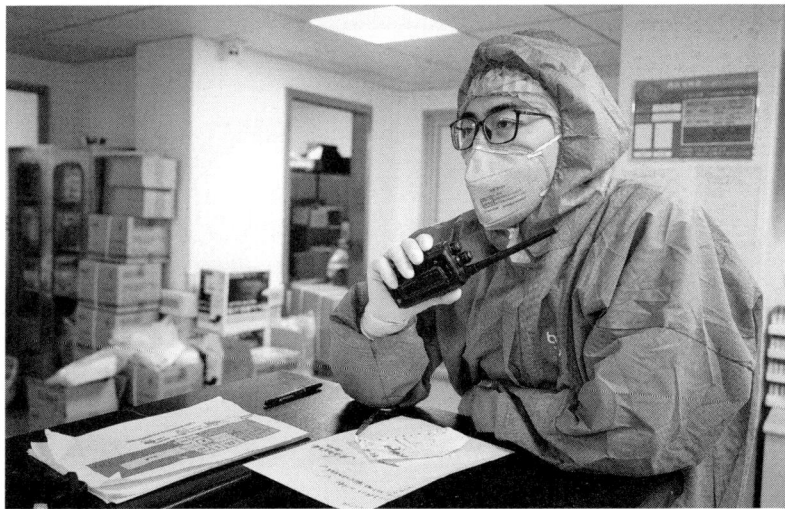

工作中的傅佳顺

后"党员回信时说："在新冠肺炎疫情防控斗争中，你们青年人同在一线英勇奋战的广大抗疫防控人员一道，不畏艰险、冲锋在前、舍生忘死，彰显了青春的蓬勃力量，交出了合格答卷……青年一代有理想、有本领、有担当，国家就有前途，民族就有希望。"是啊，"青春的蓬勃力量"就在我们身边，他们在党和人民最需要的地方绽放绚丽之花。

6点刚过，邀上周医生和肺科医院的程克斌主任，一起来到餐厅，见识过青浦队和奉贤队过生日的气势后，我担心只有我一人的仁济后援团不够气势，让他俩一起"冒充"一下"仁济队"，壮壮势。

周教授早早吃好晚饭，已经在餐厅等着今天的寿星了，张明明助理拎来了生日蛋糕，我们迫不及待地让傅佳顺拆了包装，看看今天的蛋糕。圆圆的巧克力蛋糕，代表的是整个医疗队的祝福。插上永远18岁的生日蜡烛，周教授代表医疗队送上了生日祝福，大家唱起了生日祝福歌，许下心愿，吹灭蜡烛，我想傅佳顺的心里一定百感交集吧。看着被挤在一边的"仁济队"两人，我开心地笑了。

我们来自不同的医院，但是在武汉近两个月的同舟共济，已经让我们亲如一家。

上海援鄂医疗队开始陆续撤离

在夕阳的余晖下踏上了上夜班的路，随身的袋子里装着酒店餐厅里最红最漂亮的一个苹果。苹果，"平安度过"。

3月18日，援鄂第54天，武汉，晴。

今天早上的马路对面已经看不见沪牌的车子了，酒店门口干干净净，原来停着的公交车和国家紧急救援车都不见了，只有喷洒着消毒水的车子在酒店门口来来回回地冲刷着地面。这里曾住着东方医院国家紧急救援医疗队，祝贺他们圆满完成任务，今天他们就能回到家乡的怀抱了。

中午，酒店边上的超市又开门了，今天开的是大门，不是上次的小门，人不多，门口有大巴车，有小车，估计仍是小区出来的统一购物的车辆吧。今天我看到他们的塑料袋里有鱼，说不定就是前两天新闻里所说的咸宁市调配的几十万斤活鱼。武汉人民爱吃鱼，之前可以吃武昌鱼，现在封城，大家没有忘记爱吃鱼的武汉人民，所以把活鱼送到武汉。

下午一觉睡醒，就看到了全季酒店党员群里宝山医院施巍主任发来的消息，他的同学单位为他送来了巧克力和鲜橙，放在一楼酒店大堂，让喜欢吃的队友自己拿。没等我去拿，我就接到了绿地

集团张先生的电话，他也为我们送来了一些零食，有巧克力、坚果、果汁等，还有一封慰问信，这是绿地集团第三次为我们仁济小分队送上心意了，还给我们雷神山的小伙伴也送去了慰问。感谢这些有爱心的单位，愿守得云开见月明，彻底战胜此次疫情后，我们也可以更安心地在这些超市买买买来支持他们。

从新闻里看到了上海援鄂医疗队离开武汉的场景，各种各样的留恋和舍不得，武汉市民的窗口呼唤、警车开道、夹道敬礼、机场的最高规格"水门"，还有回上海时李强书记的亲自迎接，无不反映了广大武汉人民群众对医疗队的认可和感谢，以及上海人民对我们的期盼和祝福。

在夕阳的余晖下踏上了上夜班的路，随身的袋子里装着酒店餐厅里最红最漂亮的一个苹果。苹果，"平安度过"。等会儿我会

平平安安

把它放在办公桌前的窗台上，希望今天的夜班顺利。

从昨天白天开始，我就在为我们组的气管插管病人担心，刘组长和浦南医院的赵教授紧急行支气管镜检查，发现病人气道粘膜糜烂，气管下端结痂，气管镜很难进入，只能给予气道雾化、湿化等处理。

昨晚徐老大接班时，病人的CO_2分压高到血气机器测不出，徐老大一晚上不休不眠，忙着处理。病人的CO_2总算是下降到60多，可是这样的情况又能维持多久，能不能逆转，没人能预料，还有病人的消化道出血、肺部感染，一个个都是难关啊！

来到办公室，把苹果放在窗台，周医生把办公室最漂亮的一盆花也放在我办公桌前的窗台上，有花有平安果，今晚就看我的啦。

希望天气热得慢一点

今天武汉的温度达到23度，穿着防护服的医护人员非常难受！希望天气不要热得太快，再给我们一些时间。

3月19日，援鄂第55天，武汉，晴。

插管病人如走钢丝一般地度过了这个夜晚，我也平平安安地度过了这个夜班。

早上6点刚过，对讲机里传来内围护士的声音。有位护士身体不舒服，需要出来休息一下，让外围的护士接应一下。6点40分左右，出来休息好的护士想要继续进隔离病房。我和外围护士劝她不要进去了，毕竟8点她的班就结束了。可她说，吃过牛奶和食物，她感觉好多了，她知道自己的身体。最后她还是换上防护服继续完成她的工作，坚决的神情让我们不忍心说不。

确实，凌晨4点到8点的内围班是最辛苦的，之前能不能睡好暂且不论，凌晨3点不到就得起床，怕上厕所又不敢吃不敢喝，换上防护服进去，工作到早晨五六点，这时又是人最疲倦的时候。

天气暖和了，出汗多，因为不能补充水分，这个时间点身体很容易出问题。曾经有护士跟我说，穿着防护服太热，稍微空一会儿的时候就背靠在墙上，可以感受一下墙壁的凉意。

8∶30，我们仁济医院的吴文三从隔离病房出来，浑身湿透，头发滴汗。他说，穿上防护服，刚进隔离病房就开始出汗，到6点左右开始给病人抽血等操作时，头发上的汗就不停地滴下来。今天武汉的温度达到23度，穿着防护服的医护人员非常难受！希望天气不要热得太快，再给我们一些时间，希望大家平安下班。

今天下午4点，全体党员在酒店6楼会议室举行上海市第一批援鄂医疗队临时党总支全体党员会议，举行第三批火线入党同志宣誓仪式。大家早早来到会议室，佩戴着党徽的党员同志们越来越多了。除了上班的同志无法参加外，其他党员都来了，再加上第一批、第二批火线入党的同志，我们的队伍越来越壮大。

耳边再次奏响了《国际歌》。领队郑军华讲话指出：第一批上海援鄂医疗队经历了三个阶段，分别有三批队员火线入党。我们从工作、生活中考察了一批又一批的入党积极分子，他们也通过了我们的考验；天气好转，预示着我们的胜利即将来临；胜利源于我们党员所起的模范带头作用，我们每一位党员、每一位入党积极分子都是好样的，其中有老专家，也有9位年轻的"90后"；上海的文化孕育了我们在越危险的情况下越要体现担当意识、责任意识。希望大家努力努力再努力，坚持坚持再坚持！

在郑队的带领下，13名同志宣誓入党。我们的队伍又注入了很多新鲜血液。我们将继续努力，借用某位火线入党同志的话：用爱心做事，用感恩的心做人。

今天，仁济小分队四位同志难得都有空，我提议带上仁济医院的旗帜，一起去金银潭医院拍一张集体照，毕竟我们在这里奋斗过。

第三批火线入党的同志在党旗下宣誓

作为四人小分队中唯一的一名医生，也是最年长的一位，我再三关照大家，在隔离病房如果感觉不舒服，一定要提早先出来，千万不要撑不住后倒下，让人送出来，防止二次污染。天气热了，上班前也要多补充水分，不怕上厕所，毕竟领队反复强调过了，"我们现在不缺物资，保护好自己是硬道理"。

胜利在望，要有总结和反思

我们到武汉也8周了，这段时间，我们做了什么，感悟了什么，认识到什么，有哪些难忘的经历，要有总结和反思。

3月20日，援鄂第56天，武汉，晴。

金银潭医院联合医务处通知：国家卫健委强调对3月19日以后的新冠肺炎死亡患者进行死亡病例讨论，每天下午3点，在武汉会议中心用PPT汇报，医院派各级医生、专家参加讨论。

在此之前，科室对危重死亡病人也有讨论，但因为各专家都是每天上班，熟悉每一位病人的病情变化，所以就不需要用PPT的形式汇报。

参加医院层面的讨论，都是提早通知和安排，有足够时间理顺思路做PPT。这个通知，意味着如果我们的危重病人死亡，一天内就得做完PPT，然后参加讨论。这就意味着我们在尽力抢救病人，不放弃一丝一毫希望的同时，也要做好两手准备，认真准备好汇报用的PPT，毕竟我们代表的是上海医疗队，代表的是上海的医疗水平。

昨天我们组的刘组长值夜班，这个重要任务就交给他了。刘组长一边值班，一边操刀PPT，这个病人有两个多月的病史，之前

住在其他楼层，3月初病情恶化才转到我们这里。这么长的病史，治疗经过和化验结果都要归纳总结成PPT，这个任务不容易！果然，刘组长的PPT直到凌晨4点半才做完。今天上午科里邀请金银潭医院院内国家组专家会诊，这样可以集思广益，更好地挽救病人生命。

刘组长出夜班，今天上白班的两位医生负责汇报病史和记录，最后小组群里传来消息，说希望PPT能做得更完善。看样子，我们需要更加努力，临床要做好，更要善于总结问题。PPT做得不好可以改进，关键是治疗上不能有任何的差错。早发现问题早整改，把逻辑和思路进一步理顺，我们集小组力量完善汇报用的PPT，当然心里更希望用不上这个PPT。

今天休息，吃完饭准备出酒店晒太阳，结果在门口又碰到了消杀的车子，刺鼻的味道刺激人的泪腺，我和周医生赶紧躲回了酒店，从后门出去，可没走几步，消杀车子又赶到我们前面，对着远处的垃圾桶消杀起来。

下午，郑队发了一条消息，要求大家准备书写个人工作总结，并且提出了总结应该具备的三要素。是啊，这场抗击新冠肺炎的战役已经胜利在望，我们到武汉也8周了，这段时间，我们做了什么，感悟了什么，认识到什么，有哪些难忘的经历，要有总结和反思。

今晚是王鹏医生的生日，6点到餐厅，一起为他祝贺这个特殊的生日。结果发现，今天美团也来了，为我们送来了美食和鲜花。今天吃到了正宗的武汉热干面，味道还是不错啊，看着王鹏端着餐厅为他特意做的大碗长寿面，我们都笑了。

趁着周教授也在餐厅，我赶紧和他来了一张合影，之后，周教授就坐在那里,不停地被邀请合影。

今天晚上还有场病例讨论,病理学卞修武院士和呼吸与危重症领域的王辰院士亲自参加,来自上海、福建、湖南、浙江的中医及湖北的同济、协和、省人民、金银潭的专家也会莅临讨论(如今的金银潭医院就像一个小"联合国")。自从上次参加了一次病理讨论后,关于新冠肺炎对于人体各脏器的损害,我的认识从临床水平一下子深入到了病理水平;还有王辰院士的总结陈词,直达精髓,也让我记忆犹新。所以,无论如何一定要去听一下。

每一朵樱花都有不一样的风采

下午回到酒店舒舒服服补了一党,昨天的病例讨论会上大家实在太热情了,两个病例,讨论到晚上11点多,回到酒店睡下时已经是凌晨了。

3月21日,援鄂第57天,武汉,多云转阴。

这几天武汉的天气热了起来,问开车的司机武汉是否还会降温,没想到,被司机师傅"鄙视"了一下:"这都几月份了,怎么还会降温?"难道3月份的温度都是二十几度吗?昨天起,我们外出就只要穿上短袖,在室内加件薄外套。冬去春来,出发时带的冬装已经无法再穿,要感谢社会各界的爱心捐助,否则无法想象我们二十多度穿羽绒服的样子。

交班前,郑队在大群里发了一段振奋人心的话。交完班,郑队又把这段有关英雄的话跟大家说了一下,什么是英雄?辞书上说:① 指才能勇武过人的人。② 指具有英勇品质的人。③ 无私忘我,不辞艰险,为人民利益而英勇奋斗,令人敬佩的人。现在大家都称我们为英雄,那我们应该就是第三种人。越是到了关键时刻,越要一鼓作气,咬紧牙关,坚持到底,扛得住,守得住,不能前功尽弃。越是这个时候,越要保持头脑清醒,越要慎终如始,越要再接再厉、善作善成，不麻痹、不厌战、不松劲。看着微信大群里大家"坚持就是胜利"的一条条回复，我觉得胜利一定属于我们。

今天跟周教授进隔离病房有两个重要任务，一是收治一位新病人，这是从二楼轻症病房转来的重症患者；二是给我们气管插管的病人做气管镜，他的床边胸片提示他的左下肺可能存在肺不张，气管镜进去看一下管腔情况，顺便灌洗一下。

穿上隔离衣、防护服，什么事都没干，就已经冒汗了。周教授依旧一路领先，我紧随其后。护士长陈贞做气管镜前的准备工作。陈贞老师来自华东医院，在我眼里，她什么操作都能帮上忙，今天有她在，我不用担心一个人跟不上周教授的节奏啦。我跟周教授先查房，陈贞老师做准备工作，要换上适合气管镜用的螺纹管，要准备无菌痰杯、吸引器，等等。

查完房，回到气管插管的病人身边，陈贞老师已经完成准备工作。周教授动作快，气管镜很快进入气管套管，几天前气管远端的结痂都已经消失，支气管远端有少量的分泌物，比我们预期的好多了。在病变最严重的左下肺做了灌洗，取了标本留作培养。整个过程，周教授动作流畅，一气呵成。本以为我需要做些辅助工作，没想到，能干的护士长把活都包了，我只要扶好气管套管，不让套管滑出，再就是盯着显示器看屏幕。干完这些活，我已经汗湿了。

新收的病人还没来，周教授带着我顺便参观了一下轻症病房。轻症病房跟重症病房差别很大，病房里干干净净，没有拖在地上的电线，也没有很多的输液泵，更没有那么多的心电监护。病人三三两两戴着口罩在聊天，走道里也没有很多呼吸机、抢救车，真是不一样的世界啊！

致 伟 大 的 你

你从人群中走来,身披白色的战袍
你毅然转身,选择逆行,从容一笑
又无反顾地冲入那看不见硝烟的战壕

你守候病患,忘记疲劳
你含泪握拳,牙关紧咬
你为众人抱薪,燃烧生命,把神圣职责和使命一肩来挑

你让中华民族在这次磨难中愈挫愈勇
不被压垮,不断成长,奋起昂扬
你是华夏儿女的骄傲,你是中华民族的脊梁

樱盛寒冬行渐远,燕来暖春昨已到
愿用这亲手采摘的武大樱花
印一个约定,藏一份想念,蕴一种力量
含一个心愿,酿一个信念,结一个梦想
在这花开得胜的日子里,摘下口罩深情相拥
共赴一场浪漫的春天约会

永远爱你的 武汉·东西湖 人民

　　跟着需要转科的病人一起回到重症病房，护士为她安排好床位，放好行李，我们问好病史，做好生命体征的检查，安慰好病人，就出隔离病房了。一圈忙碌后，等出病房时，我觉得我的N95口罩都能倒出水来（当然不是口水啦）。而这时候的陈护士长，还在里面为某位插管病人放置深静脉。

　　消毒后回到办公室继续干活，天热，身上的衣服到中午也就干了。

　　下午回到酒店舒舒服服补了一觉，昨天的病例讨论会上大家实在太热情了，两个病例，讨论到晚上11点多，回到酒店睡下时已经是凌晨了。

　　晚餐后收到来自武汉东西湖区人民的慰问，一副镜框，上面有一首诗《致伟大的你》。最后为了弥补大家看不到最美樱花的遗憾，下面压着一朵真正的樱花（干花）。每一朵樱花都有不一样的风采，每一个我们也在展现不一样的自己。

他们紧握的手代表他们战胜病毒的决心

还记得2月14日在隔离病房用苹果替代鲜花的那对夫妻吧？先出院的先生今天来询问他夫人的病情，他夫人肺部影像学和症状好转了，但因为病毒核酸检测呈阳性，暂时还不能出院。

3月22日，援鄂第58天，武汉，阴转多云。

晨起上班的马路是湿的，路边的樱花有些憔悴。到了医院，听李医生说起才知道昨晚大风大雨。待在全季酒店的房间里，听不到外面的风雨声，也是一种平凡的幸福。

今天我们的18床真的出院了。说"真的"，那是因为我们两天前就给她下了出院医嘱，当时周教授送了她一台制氧机，她很快就答应出院了。可是等我和周教授昨天去查房时，发现她居然还在，原来她所在区的隔离点没有床位了，她要缓一缓再出院。

说起这位患者，她的住院病史也够曲折的。我第一次进隔离病房的前晚，她被救护车送进了我们重症病房。来的时候因为缺氧导致意识不清，医生们不知她的姓名和病史，三名值班的重症组医生凭着经验和特殊时期的医院政策（没有住院号，药先用起来，呼吸机先用起来）把她救了回来。

第二天早晨，患者的意识终于清楚了。问她名字，她讲了几遍,我们三名值班医生把听到的姓名复述出来,发现没有一个是相同的(三个人都听不懂武汉话)。姓名都问不出,病史就更不要指望了,那就问个手机号码吧,打电话给家属,总能讲清楚了。因为第一天大家实在没经验,只知道带进隔离病房的笔和纸是不能带出来的,所以两手空空进去。为了不忘记她的电话号码,三名医生,一人分别记住号码的几个数字,就怕记错和忘记。没想到,出来后一汇总,打过去的手机始终无人接听。怎么办呢?有问题,找医务处,医务处再想办法。一级级排查下来,找来的电话号码还是同一个,仍旧联系不上家属。我们只能给她冠个无名氏的名字,先用药,等病人情况进一步好转,问清楚姓名和身份证,再找到她的家属,等问清楚病史,用上她正确的名字时,已经是两天后了。

经过医护人员的精心治疗,这名患者的病情一天天好转了,从呼吸机到高流量氧,再到鼻导管吸氧,然后就基本稳定了,新冠肺炎病毒核酸连续检测呈阴性,胸部CT提示肺部有纤维化,大家鼓励她出院慢慢恢复。但这位病人的顾虑很多:担心出院后病情会不会反复,会不会影响以后的生活,等等。又拖了几天,等她终于同意出院了,又发生隔离点床位不够的波折。这时候病人又担心了:担心旁边床位的病人会把病毒再传给她,担心我们答应她的制氧机拿不到,担心现在给她带的药不够吃,担心半年后她能不能工作……新冠肺炎患者康复后的焦虑心情一览无余,我们能做的就是去安慰。

还记得2月14日在隔离病房用苹果替代鲜花的那对夫妻吧?先出院的先生今天来询问他夫人的病情,他夫人肺部影像学和症状好转了,但因为病毒核酸检测呈阳性,暂时还不能出院。我问他要了当初他们两人在情人节拍的照片,最让我感动的是

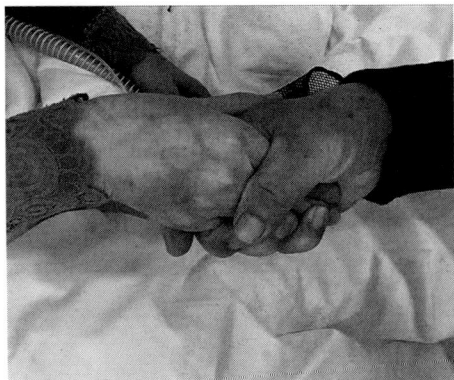

隔离病房中夫妻俩紧握的手

那双紧握的手，手背上还有打针留下的乌青，手边上还有呼吸机的螺纹管。男人和女人紧握的手，是他们相濡以沫，共同经历风雨，一起战胜新冠病毒的决心。我问他能否使用他俩的照片，他婉拒了："不要用于媒体。人们对于感染新冠病毒的人，有很多的担忧和误解。"我理解他的担心，只希望我们所有人能理解他们，理解他们的善良、委屈和坚韧。

全季酒店的党员群里发了很多医护人员在酒店门口比心的照片，她们身穿同样的彩绘T恤。等下班回到酒店，我也收到了这么一件T恤，原来这是武汉青山区一所小学的学生们的爱心捐赠。他们在T恤上画了各种各样的彩绘画，为我们鼓劲加油。我的这件T恤上正面写着"武汉加油！中国加油！"的大字，后面写着"打倒病毒 武汉加油！"等，并画了一幅"一拳超人"的漫画像。感谢这些可爱的孩子，你们是祖国的未来。

小学生捐赠的T恤

武汉开始复工了！

1月23日，武汉这个城市被按了暂停键，今天的它又开始逐步运转了。

3月23日，援鄂第59天，武汉，晴。

今天休息，不用上班，吃完早餐和周医生一起在酒店周围绕圈。我俩惊奇地发现，马路上的车子明显比前几天多了，甚至还有助动车和行人。这是怎么回事呢？

马路对面的公司大门开了一部分，远远望去还有几个穿着防护服的人在忙忙碌碌，好奇心驱使我俩走到了马路对面。我们看见之前紧闭的公司大门开了一辆车的宽度，门口摆着一张桌子，桌子上放着84消毒液、洗手液、手套等，还有四个穿着防护服、戴着口罩的工作人员。

远处来了一位骑助动车的女士，到了门口就从助动车上下来，工作人员就忙碌起来，测量体温、拿出手机，似乎在扫码，这大概和上海的"随申码"差不多吧！过关了，发一副手套，就放行。我们问对方："武汉的公司复工了？""是的，一部分人复工了。"他们回答。再继续往前走，烟草专卖局的大门也开了，同样的情景，不过这里车多一些，也复工了。

1月23日，武汉这个城市被按了暂停键，今天的它又开始逐步运转了。烟草专卖局的建筑很漂亮，门口的两位同志看到我和周医生在大门口徘徊，问我们是哪里的，我们回答说是上海医疗队的。其中的一位同志立即向我们鞠躬说谢谢，我们连忙回答，"不谢不谢"，说完不好意思地赶紧往回撤。

另一侧的马路对面似乎也有人影在晃，我和周医生继续探索，毕竟这边的马路上可是有很多好吃的店家。马路对面的蛋糕店和肯德基都营业了，但是门依旧关着，肯德基的门上写着"仅提供宅急送服务"，蛋糕店也只接受外卖。

武汉复工了，开店啦，疫情会不会变化？市民们一定要注意防护，不能松懈啊，只有持续的零，我们才能回家。

路边白色的蒲公英一朵朵盛开在绿草丛中，可惜风吹时，没有漫天飞舞。想起了特殊时期的生日蜡烛，不用吹，而是用手挥灭蜡烛上的火焰，这也是一种新时尚吧。

回到酒店，门口的小哥嘱咐我们，沿着酒店走，不要到马路上去，武汉今天开始逐渐复工了，路上车子开得快，让我们一定要注意安全。中午从下班的同事那里得到好消息，等明后天病人出院到一定的数目，我们医疗队的普通病房和重症病房将合二为一，这样，我们就可以关掉一个病区，回家的脚步越来越近了。

走过至暗时刻

> 一条流浪狗在超市门口徘徊，门口的阿姨介绍说这条狗已经流浪了两个月，是善良的人给它不定时地喂食，它才能活到今天。

3月24日，援鄂第60天，武汉，晴。

今天是个值得纪念的日子，我们第一批援鄂医疗队到武汉双满月了。回首这60天的点点滴滴，从彷徨到自信，从陌生到熟悉，从害怕到勇敢，一步一步我们都走了过来。冬去春来，我们从寒冬一下子进入武汉的暖春，路上的行人越来越多，甚至能听到大家的欢声笑语。武汉，阴霾已过，留下的就是逐步地回归正轨。

我们的一位病人今天出院了，她给我们发来微信："感谢您们辛勤付出！在后期的治疗中，是您们安慰我，关心照顾我，打消了我紧张恐惧的心情，虽然时间不长，但您们处处为病人着想，关怀备至，尤其对危重病人全24小时守护，不是亲人胜似亲人……祝福您们平平安安健健康康！早日胜利凯旋而归！"

想起昨天出院的病人对我们医疗队几位护士的赞扬和感谢："也许她们是平凡的，但正是她们的一个个平凡的累加才构成了伟大！虽然我们都陆续出院了，但我们不会忘记她们！谢谢上海援

鄂医疗队！"

我们都是平凡的，可是我们都有勇气！有勇气逆行，有勇气去战疫。感谢这些饱受创伤却依然心怀感恩的武汉人民，希望你们以后的日子一帆风顺。

今天酒店隔壁的超市开门了。有代表小区出来统一购物的，满满几箱的肉类还有蔬菜；也有人只要扫过健康码就可以进去。一条流浪狗在超市门口徘徊，门口的阿姨介绍说这条狗已经流浪了两个月，是善良的人给它不定时地喂食，它才能活到今天。阿姨不停地说："好心有好报。"这不，就有一位小哥从超市买了两根香肠，在喂它呢。

下午雷神山医院的施阳老师为我们金银潭医院的仁济小分队送来了来自仁济大后方的祝福——贺卡，我读懂了上面的祝福，可惜却无法读懂那龙飞凤舞的签名。说起施阳老师，从仁济大部队进驻雷神山时就听说了他，包括他的"羊羊杂货店"，上次他为我们送来仁济娘家的美食时我是夜班，无缘一见。所以印象里一直以为这么能干的后勤应该是一位大叔，没想到今日一见，原来是位年轻的帅哥。赶紧合影一张，留作纪念。

今天夜班，在夕阳的余晖下坐车去上班。路边的早樱谢得好快，没多少天，已只剩红色的叶子。跟司机师傅聊天，跟他说武汉复工了，用不了多久，他们就可以解放了，不用送我们上下班了。感谢师傅这么长时间以来为我们提供的服务。师傅又回过头来感谢我们为武汉所做的努力。这段时间，我们说得最多的是感谢，收到的也是感谢。

病房今天下午合并了，二楼的普通病人全部被转到了三楼重症病房，全部集中在楼的南侧，我们重症病房的病人全部集中在北侧。这样，两边的病人不至于交叉感染。护理部对轻症病人进行了宣教：不能在病区里闲逛。

我们组今天下午起就只剩一个气管插管的危重病人了。整组就管理这一个病人，精准化治疗，他的情况也比前两天好多了，检查的指标也在好转中。今天我的任务就是守着他，并且两手准备，继续完善他的病史PPT。

大群里在招募"歌手"，胜利在望，结束时怎么也得唱首歌表达一下吧，看着大家踊跃报名，我决定放弃。五音不全的我，到时候，戴着口罩混在人群里，做个南郭先生吧。

回家就在眼前，但也要站好每一班岗

在周医生的帮助下，一个读报告，一个录数据，等差不多忙完，已是凌晨一点。

3月25日，援鄂第61天，武汉，阴，有时有大雨。

昨晚的微信群里，发布了两个好消息。一则是我们的郑队发的消息，经过和金银潭医院领导商议，我们最晚会在28日交接病房，然后报请后方——我们的上海，准备回家事宜！

另一则是队长助理张明明老师发的消息，在郑队的协调下，我们的队服、队旗等在紧急制作中。作为上海第一批援鄂医疗队，除夕之夜，我们匆忙出发时穿的都是自己的衣服，没有统一的队服、队旗，看上去似乎不够有气势。回去时如果有统一的服装，我们就可以和后续出发的整编制队伍一样，精气神十足了。

群里一片欢呼，感谢领队带来的好消息，回家在望，回家万岁！两个月的时间，尽管我们已经亲如一家，可我们还是日夜思念大后方的那个家。

昨晚我们组气管插管的病人病情稳定，我需要做的就是把他白天的化验报告看一下，看看有什么需要特别处理的。回家就在眼前，但也需要站好每一班岗。需要整理出院病人的病史，还要准备插管病人的PPT，后续因为回家我们会把这位病人移交给别的病区，但我们不希望给别的医疗队留下一个不好的印象。把病人移交，把PPT也一起移交，争取每一个环节都做到位。在周医生的帮助下，一个读报告，一个录数据，等差不多忙完，已是凌晨一点。我深刻体会到当初我们刘组长一个人一晚上做这个PPT的不易，也深刻体会他盯着我们后续不断改进PPT的迫切性。

今晚不太忙，可以睡觉，这是两个月以来第一次睡到了值班室的床上。可是，不知是因为要回家的兴奋，还是戴着口罩睡觉的气闷感，我居然还没有之前在办公室凳子上睡得好。早上碰到上凌晨4～8点班的护士妹妹，她说她上半夜也是兴奋得没睡着。看样子，大家都盼着回家啊。

早上交班后，郑队和周教授让大家汇报各小组剩余的病人数、近日能够出院的病人数、不能出院的病人数以及不能出院的原因。如果是因为病情不能出院，那绝对不能违背医疗原则；如果是社会问题，那全队想办法，实在不行还可以联系金银潭医院医务处。同时又提到两位插管病人的转科接管问题，让相应的小组写好病史，尽量完善PPT。我们上海队尽量不给别人添麻烦，即使真有麻烦，也一定要做到有始有终，将问题最小化。

回到酒店，大堂里多了一个大冰柜，里面有很多冷饮。原来是上海光明集团知道武汉天热，给大家送来了冰激凌。想到不断被投喂后不减反增的体重，我缩回了伸向冰柜的手。自从抗疫以来，光明集团一直在为我们照顾后方的家人，从牛奶到蔬菜，还有肉类，感谢他们让我们无后顾之忧。

晚饭时，我们又收到了上海锦江国际集团的第四次投喂，这

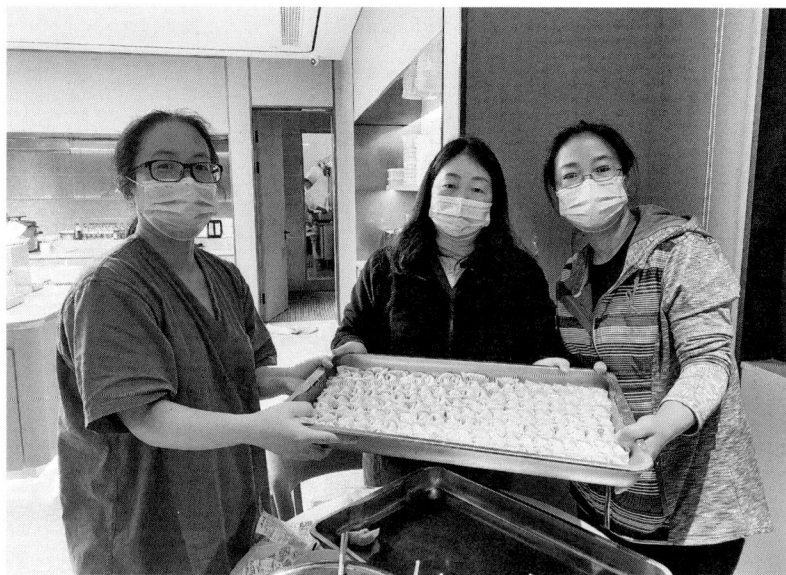

一起包馄饨

回有和平饭店的油爆虾、锦江饭店的油焖笋和目鱼大烤等,最重要的是给了我们一个共同包馄饨的机会。吃完晚饭,大家坐在餐厅里,围着桌子包馄饨,看着一排排整齐的馄饨,收获了满满的成就感!

　　享受着国家级总厨为我们调制的美食,想着这是李强书记亲自关心,上海市委、市政府的关心关爱,我们充满了幸福感。

我们小组的病人清零啦

也许是回家的日子越来越近,也许是我们第一小组清零了,周教授的心情也越来越好了,也有兴致跟大家开起了玩笑。

3月26日,援鄂第62天,武汉,阴,有时有大雨。

武汉的天阴沉沉的,特别闷热。今天我休息,但我们小组昨晚商量好,今天一起上班,这是两个多月的援鄂工作中第一次小组六位同志一起上班(平时都是三班倒,凑不齐),至于主管我们组的专家,周教授,他每天都上班,所以今天我们北三楼重症病房第一小组终于可以来一张集体照。

昨晚我们小组就在小组群里讨论了,今天上午徐老大值班,但是我们的插管病人需要转运到南楼的ICU,运送过程中,一名医生肯定不够。还有病史也要通过另一条通道送过去。病人要床边交接班,病史和PPT也要交接下。

这个病人转走后,我们组就清零了,可以提前休整。我们要站好整个小组的最后一班岗,把这个病人平平安安地移交好,才言胜利。

换上工作服,站在办公室听交班,我就冒汗了。这天气,哪是春天啊,夏天都差不多,不过听说明天要降温了。交完班,郑队又

开始清点剩下的病人数，以及到明天还有几位病人需要转到其他楼层。最后告诉大家，明天转走所有病人后，我们一定要把病房和医生办公室、休息室打扫得干干净净，恢复原样，除了病史系统，不要留下我们太多的痕迹，还给金银潭医院一个干净整洁的病房。

病人要转运，需要考虑很多问题：氧气怎么办？转运呼吸机还是球囊辅助？这些问题留给组里其他人思考和解决，我做文书工作，把转科录写好，病人入院的诊治经过、目前情况和用药，需要注意哪些问题……刘组长抱歉地说麻烦我了，我觉得这时候如果要挟他回上海后请我多吃几顿饭他也会同意的。不过，看在我们组称呼我为"组花"的份上（没办法，唯一一位女性，其他人不可能称花），我就勉为其难了。

周教授让我负责转运病史，可以不用进病房。这怎么行呢，我们是一个小组啊，这也是我们组最后一个病人。全小组一起向他申请，可以等我整理完病史一起进隔离病房，周教授同意了。

接下来隔离病房危重病人的转运真的称得上生死时速！周教授拍板，条件所限，捏皮球（球囊辅助通气）转运。护士给病人吸好痰，我们先给病人尝试一下球囊辅助通气，观察几分钟后，病人心率和氧饱和度没有明显变化，可以转运了。接下来周教授在前面领路和指导，我负责捏皮球，两名医生负责在前面拉床，两名医生负责在后面推床和把握床的方向，还有一名随时关注病人氧饱和度和心率，氧气瓶和输液泵都放在病人床上。护士在后面推车把病人的所有东西都带上，一支转运危重病人的队伍就这么"浩浩荡荡"地出发了。

在病房走廊里的速度还好，在楼下就是奔跑了，这是生命

我们小组的病人清零啦

的接力，也是和病毒的赛跑。到达南楼走病人通道，等病人进电梯，我把手里的球囊交给挤进电梯的兄弟。等待下一趟电梯时，我有一种冲动，想摘下口罩，脱下防护服，痛快地喘一口气。穿着防护服一边奔跑，一边捏皮球，这感觉，真的可以用窒息去描述。还好理智控制了我，平静几分钟后，窒息的感觉逐步好转，我坐上电梯也来到ICU，里面已经有医生、护士在等着我们了，顺利交接班，来自六院的汪伟医生飞快地给病人接上呼吸机，调好参数，看着病人平稳的呼吸和心率，我们的心也放下了。推着空床回病房就可以慢悠悠地走了，否则再来一次这样的接力赛，我得趴下了。周教授兴奋地说："我们第一小组清零了，我们胜利了！"

送完病人，整个小组在回病房的路上来张合影，这是我们第一小组团结友爱的集体照，是胜利的集体照！

回到病房，脱下防护服时，所有人的衣服从内到外都湿透了。刘组长昨天夜班，今天夜出，还没吃早饭，徐老大心脏不太好，自觉早搏发了，两人的脸色都有些苍白，我的脸通红，我觉得浑身都在向外冒热气。在办公室清洁好后平复一下加速的心跳，我和汪医生一起把病历送到ICU，拖上他是因为我怕走错路（万一走错通道就要被隔离两周），也担心一个人交班讲不清楚，两个人互相补充，我们要做就尽量做到最好。

再次回到办公室时，我们的午餐计划"泡汤"，谁都没有力气吃饭，只想回去洗干净，好好休息一下，补充一下水分。

这会儿没有班车，我只能和汪医生一起叫辆滴滴专车（其他人住万豪，可以走回去），顺便和司机聊几句。到了酒店门口，司机

提出和我们合影,我俩痛快答应。

今晚有两名队员过生日。晚饭后,大家在酒店餐厅为他们一起过特殊的生日,依旧是周教授送上生日祝福,大家唱生日歌。也许是回家的日子越来越近,也许是我们第一小组清零了,周教授的心情也越来越好了,也有兴致跟大家开起了玩笑。

我的心里充满自豪感

> 汪医生认真地坐在交班桌前说着"北三楼第一组病人数0，危重症0"的时候，我的心里充满了自豪感。我们组提前完成了任务！

3月27日，援鄂第63天，武汉，雨。

今天的武汉让人感觉一下子又回到了冬天，昨天穿短袖，今天穿羽绒服。寒冷的天气，灰色的天，淅淅沥沥不停的雨，却无法掩盖我们心中的喜悦。

今天我们小组又是集体出动，到金银潭医院参加最后一次交班，顺便帮忙打扫卫生。

今天交班的人比较多，毕竟多了我们一个小组的人员。金银潭医院的黄朝林副院长和王书记一起参加我们的交班，商量后续的交接事宜。听到我们组理应昨天上夜班却"缺勤"（我们组没病人了，不需要再值班）的汪医生认真地坐在交班桌前说着"北三楼第一组病人数0，危重症0"的时候，我的心里充满了自豪感。我们组提前完成了任务！

今天其他两组还有三位病人需要转到其他楼层，领队让他们的医生分别把病人的情况、不能出院的原因以及所需要的转运方

式汇报给金银潭医院的两位领导,请他们安排好床位,我们再送病人过去,同时也请金银潭医院的相关人员和我们队进行交接,比如药物需要和药房交接,医疗仪器需要和设备科交接,等等,这些东西都不能带走,将继续留在金银潭医院发挥作用。金银潭医院的两位领导分别对上海第一批援鄂医疗队除夕夜的"逆行",和金银潭医院的医护人员一起奋战,以及医疗队在这段时间内所做的努力表示衷心感谢,并表示会尽快安排好床位,转运病人。

送走了两位领导,郑队对于病人运送后的病房消毒、打扫又提出了要求。要求我们还给金银潭医院一个干净、整洁的病房,要求做好医疗物资的交接,并签字留底。周教授要求大家把病史整理完后,联系病案室,今天把病史全部送走。需要转给其他楼层的病人的病史,也一定要认真书写,给别人留下我们上海队认真负责的好印象。

交完班,另外两组忙着整理病史,我们组六个人就穿上隔离衣,戴上手套,跟着周教授开始清理办公室、值班室、更衣室等地方。

周教授依旧是风风火火的性子,我们跟着他,干活也是雷厉风行。无用的东西处理掉,多余的、带不走的东西送给打扫卫生的阿姨……东西放在两层大号黄色垃圾袋里,装满后再用黄色封带系紧,拖到楼梯口,让打扫卫生的阿姨再处理掉。打扫完办公室,再清理休息室的东西,铺好床……

七个人干得热火朝天、满头大汗。人多力量大,很快,清洁区除了女更衣室橱柜以外,其他地方全部被清理干净(很多护士还在上班呢)。干完活,看着干净整洁的清洁区,我们满是成就感。

因为要等回酒店的班车，我们住在全季酒店的只能留下了。住在万豪的同志先回去，毕竟一番忙碌，也是一身汗。看见陈教授暂时有空，我和刘组长赶紧邀请他在办公室的最新网红景点前留影。

剩下的时间，我们留下的三个人就在办公室里闲逛了，时不时地帮一下其他组，我顺便打电话给病案室让他们来收一下病史。这时候，估计就我们最悠闲啦。

10点多，在护士长的号召下，本该休息的护士来了好多，隔离病房的整理打扫就交给她们啦，这就是我们的团队，一个努力向上、同舟共济的医疗队。

跟着班车回到酒店，舒舒服服地清洁休息一下，下午的时间就是偷得浮生半日闲啦。

今天晚餐，餐厅很暖心，为我们准备了姜汤驱寒，毕竟降温和下雨，一不小心，容易感冒。这时候，收到留守在金银潭医院院感组老师"兴哥"的照片，看见我们北三楼整洁的办公室，干净的走道，全部包好的呼吸机……我为我们医疗队感到自豪，这就是上海品质、上海精神！

今晚在万豪举行我们临时党支部第六次全体党员大会，有13位积极分子火线入党，我们组的冯医生和刘组长都在其中。《国际歌》第四次在耳边响起，看着党员的队伍越来越壮大，我们深感党的凝聚力。

很多火线入党的同志在发表自己入党感言的时候，都讲到了在武汉抗疫前线，看到身边许多党员同志冲锋在前、身先士卒、勇挑重担、充满了正能量，深深地鼓舞了自己，也讲到了火线入党的

上海第一批援鄂医疗队临时党支部第六次全体党员大会

　　高兴和自豪，更感受到了自己肩膀上沉甸甸的责任和使命。是啊，每一名党员都是一面旗帜，激励周围人一起奋进。

　　接着，我们又举行了上海第一批援鄂医疗队工作总结大会，郑队对前面一段时间的工作做了总结，高度赞扬了我们这个最早"逆行"的队伍圆满出色地完成了任务。他还介绍了目前留在武汉的上海医疗队的情况，以及我们大后方越来越重的抗疫压力；跟大家介绍了我们接下来的安排及回家事宜，让我们慎终如始，一如既往地保护好自己，平安回家！

收拾回家的行囊

今天的消防小哥辛苦了，这么多沉重的行李，都靠他俩帮忙，还为没有盒子的同志到处寻找包装盒。充满凉意的天，两人却忙得满头大汗。

3月28日，援鄂第64天，武汉，阴转多云。

今天起，我们可以原地休整。不需要再去金银潭医院的隔离病房，我第一次睡到自然醒，然后收拾打包行李。

郑队昨天在总结会上说，回家的时候一人背一个包（统一发的），带一个托运的箱子，轻装上阵，只需要带好14天生活必需物资就行，其他的物资可以用快递寄走。顺丰和京东之前就宣布，从3月14日起对援鄂医务人员返程行李寄送部分免单或全部免单。

我有两个拉杆箱，一个是出发时带的，一个是到了武汉后仁济医院工会寄给我的，还有一个自带的电脑包，这样我就需要寄走一个拉杆箱和一个电脑包。

我喜欢顺丰快递，但顺丰有规定，拉杆箱外面需要用纸盒子包装，于是我就开始了寻找纸盒子之旅。最后还是打扫卫生的阿姨从库房里帮我找到一个盒子，是之前锦江集团投喂时的包装，看样子我还是没有未雨绸缪的经验啊！感谢阿姨的热心和友情提供。

我把出发时带的冬装和一些纪念品、电脑包放进拉杆箱,顺便把到武汉后发的、用剩的防护物资也打包进去,一个箱子就满了。这些防护物资可不能丢,毕竟上海的抗疫压力也很大,或许会有用到的一天,吃一堑长一智嘛。

中午,顺丰快递来了,楼里一下子热闹起来,搬东西的,找拖车的,还有打包的。我只有一个箱子,消防小哥很快就帮我搬到了楼下,贴上顺丰单号,也就搞定了。

自从我们住到全季酒店以来,有两位消防小哥一直驻扎在全季。他俩是东西湖区某消防支队专门派来为我们提供服务和帮助的。两位小哥,年纪稍大的话少,年纪轻点的时尚。但两位同样热心,朴实能干。之前我们需要搬运东西,他们都会热心相助,还帮助我们登记分发的物品,告诉我们天气情况,提醒我们注意安全……我们有空时,都喜欢到楼下休息一会,和小哥聊聊天,听听武汉的风景有多美,武汉的两江百湖有多大。今天,消防小哥辛苦了,这么多沉重的行李,都靠他俩帮忙,还为没有盒子的同志到处寻找包装盒。充满凉意的天,两人却忙得满头大汗。感谢他们的热心服务,武汉有你们,真好!

下午干了一件重要的事,参加女儿高三年级的视频家长会。女儿昨天就再三关照我,视频会议一定要记得关摄像头,关麦克风,否则就丢人丢大了,还画图教我怎样关摄像头,怎样关麦克风,我虚心学习。

今天下午1:30她就提醒我不要忘了家长会,本来在楼下关注快递的我赶紧回房间,点开钉钉,复制会议号,进入视频会议。之后,状况百出,不停地有家长进入会议,有的忘记关摄像头,有的忘记关麦克风，可以听到吃东西的声音、讲话的声音、哼歌的声音……老师不得不关掉所有声音。两个半小时的视频会议开得精疲力竭。女儿跟我说可以躺着听，可是习惯了乖乖听老师讲课的人，怎么可能东倒西歪呢。这次新冠肺炎疫情，让所有的老师们更辛苦了，开始学习上网课、网上测试，还要担心学生们上课的效率，担心抓不住学

金银潭医院送我们的礼物

生，担心作业和测试的水分。只希望一切快点过去，恢复正常的教学秩序。

晚上在万豪练歌的队友们带回了金银潭医院送我们的礼物，一人一件冲锋衣，女士的都是胭脂红，男士的都是深蓝色。衣服的前面写着"武汉市金银潭医院，上海第一批援鄂医疗队"，中间是名字，衣服的背后写着"武汉2020，同心抗疫，感恩有您！"

感谢金银潭医院，在这次疫情风暴中，他们就处于"暴风眼"中，他们在缺乏物资的情况下，在我们到来之前就坚持了一个多月，我们要学习他们的精神，感恩他们对我们的关心、帮助和感谢。

用感恩的心收下这份沉甸甸的礼物

"在抗击新冠肺炎疫情工作中，白衣执甲、逆行出征、不怕牺牲、甘于奉献，充分展现了医务工作者医者仁心的崇高精神。为感念您的特殊贡献，特授予您为武汉市金银潭医院'荣誉职工'称号。"

3月29日，援鄂第65天，武汉，阴有时有雨。

今天继续休整，吃完早饭，我和周医生一起在酒店门外走走，这一轮的倒春寒持续三天了。天冷了，就不愿活动，只想窝在房间里，但迫于年龄上升逐步减慢的新陈代谢，只能勉强出去走走。雨水洗刷后的树更绿了，已经是春天，我却冬装依旧。

今天和周医生商量好，一定要把郑队交代的工作总结写出来，思路严格按照郑队给的提纲。明日复明日，明日何其多，已经拖了一周多了。小组的兄弟们都"虎视眈眈"地等着我写完，可以"参考"，我压力山大。所以前两天就开始构思了，参考了周医生的草稿，两人决定列个提纲，然后根据提纲写，昨晚一起商量好了写总结的提纲。

万事开头难，有了开头，就容易很多。散步后就关在房间里码字，周医生没带电脑，只能在手机上码字，我们俩各写各的，互相参考。码了一上午,也才两千字。

吃好午饭继续楼下晃晃,又见到我们的志愿者Tony老师。不过这回Tony老师看上去更年轻。我又开始"八卦"起来,问他"龙抬头"那天是不是在万豪酒店。他说不是,那天他在我们上海第三批医疗队的地方理发。问他一天最多帮忙理了多少次发,他说最多70次。哇,肯定很累吧,估计到后面手都提不起来了。继续问他,"平时的主要职业是什么?"他原来也是开救护车的,怎么开救护车的都兼职当Tony老师啊?原来他平时工作做一天,休息两天,不是医院正式工,是外包公司的那种,所以收入不高,理发师是他休息时候的兼职。生活不易,感谢他在疫情期间为我们提供的服务。

两位消防小哥继续在为我们医疗队的快递忙碌。许多箱子需要寄回上海,昨天只是一部分。今天的快递改进了流程,两位小哥让大家把打好包的行李放在楼下,提早向顺丰或京东要好单号,行李送下去,贴上单号,手机一扫,填完快递信息,后面就只等快递公司收单了。我们的队员则不用继续留在楼下等待。

我问小哥是平时上班训练累还是在这里守着我们累。小哥不好意思地说:"在酒店更累。因为有很多不确定因素在等着我们,有时也许是深更半夜,有时会有些突发事情。"再次感谢他们及他们所在的消防支队。还有为我们寄快递的顺丰、京东小哥,这两天他们为我们服务,也辛苦了。

下午刚写完总结,群里就收到呼唤,让我们下楼领证书。这是我收到的金银潭医院的又一件礼物——荣誉证书。证书上写着:"在抗击新冠肺炎疫情工作中,白衣执甲、逆行出征、不怕牺牲、甘

于奉献,充分展现医务工作者医者仁心的崇高精神。为感念您的特殊贡献,特授予您为武汉市金银潭医院'荣誉职工'称号。"落款是"中共武汉市金银潭医院委员会"。用感恩的心收下这份沉甸甸的礼物,感觉自己成为真正的武汉人了。

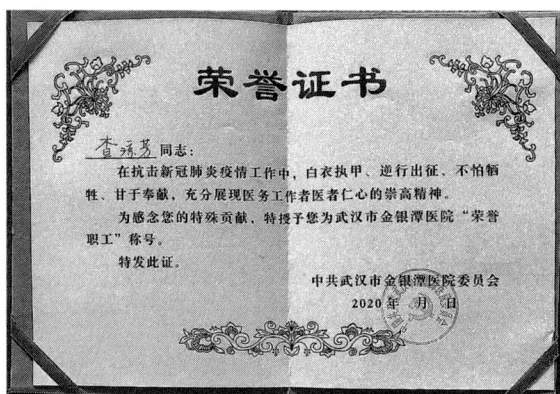

沉甸甸的礼物

　　领证书的地方,我们这支医疗队的院感组组长冯建军老师一个人孤零零地站着,等着大家来领证书。冯老师一米九的个子,平时有点鹤立鸡群的感觉。和他站在一起拍照需要他弯腰我踮脚才行,别看他个子高,做事却是慢条斯理、一板一眼。他可以一字一句地跟我们讲感控的要求,也可以不辞辛苦地反复考察酒店情况。搬到全季酒店前也是他考察了全季的空调系统,第二天又为每个房间的空调消毒。搬到全季后分发物资的工作就交给了他,冯老师做事严谨,每次发物资前都会先把所有物资清点无误才开始分发。冯老师不仅工作认真,还是个暖男,班车上他把外衣脱下来给护士妹妹御寒的那个情景让人永远难忘。

　　吃完晚饭，和几个队友一起散步，小结写完了，医疗任务结束了，大家心情都不错，来张充满斗志的合影，看我们元气满满！

看我们元气满满

这段经历让我们刻骨铭心，终生难忘

我为曾经挥洒的汗水和经历的苦和累流泪，为我们在金银潭医院奋斗的63个日日夜夜而感动。

3月30日，援鄂第66天，武汉，阴。

今天很忙。上午忙着收拾行李，整理手机里的一些照片，中午忙着看车队为大家送锦旗，下午忙着开送别仪式，忙着和很多人拍照。虽忙，但忙得很开心，没有一丝劳累的感觉！因为明天我们就要回家了，回到上海的怀抱。即将回到我们熟悉和生活的地方，心也在唱歌！

原打算带走的行李不多，但装箱时才发现什么都舍不得丢。是爱心也是纪念，那就尽量塞进箱子吧。只能丢掉自己原来带的东西，只希望一路颠簸的箱子争气一点。

今天中午我们所坐班车的车队领导为大家送锦旗来了。在此之前，我只知道我们的公交车路线是H93，要上下班，门口找他们就是了，他们永远会在那里等我们。今天我从锦旗上才知道他们是武汉公交集团惠民分公司疫情突击队，这段时间他们辛苦了！

他们分别给全季酒店、武汉公民酒店发展有限公司和我们医疗队送了锦旗。什么意思呢？原来我们住的是全季酒店，餐食却是由武汉公民酒店发展有限公司提供的。看样子为了让我们吃住得更好,东西湖区的领导想尽了办法,为我们提供最好的服务。感谢这段时间武汉人民为我们所做的一切,让我们感受到了无微不至的关怀,让我们生活无忧!

穿上队里新发的队服,下午两点,我们一起坐车前往万豪酒店,车里一片红和蓝。因为我们的队服无论男女都是红色,但衣服不够厚,天气太冷,所以队里让大家在里面穿上队服、外面套上前天金银潭医院送给我们的冲锋衣。

到达万豪酒店会场,脱下冲锋衣,就是红色的欢乐海洋了! 第一批援鄂医疗队和第二批上海增援的护士相聚在一起,武汉市人民政府、武汉临空港经济技术开发区和我们医疗队一起策划了这个"上海援汉医疗队送别仪式"。

赶在开会前赶紧和各位战友合影留念,至于跟周教授、陈教

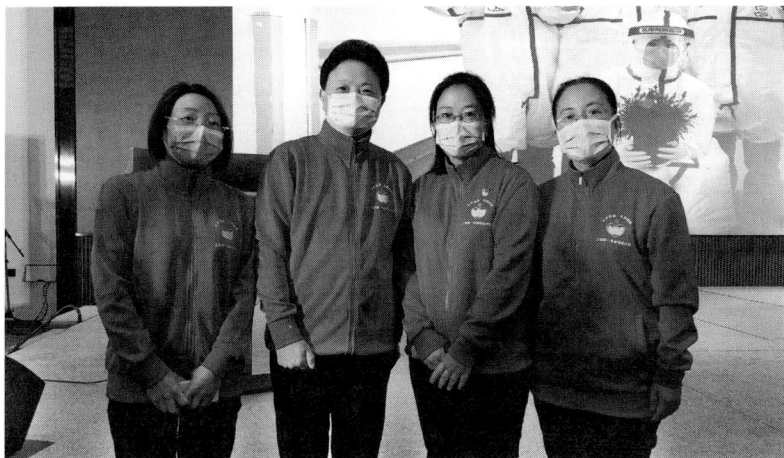

三女将与郑军华队长合影

我与周新教授的合影

授、郑队等人的合影,则是需要排队的。没办法,他们实在太抢手了,索性我们三女将一起上阵,一个往前冲,一个在后面找人拍。这样子,才好不容易集体和几位"大佬"来了几张合影。

下午两点,送别仪式准时开始,今天的主持人是东西湖区的李区长,郑队生日和三八妇女节时都是她为我们送来了祝福和东西湖区的谢意。武汉市刘副市长等领导参加了今天的仪式,还有金银潭医院的张定宇院长。

仪式第一环节的内容是"沪鄂一家人,携手抗疫情",来自武汉的几位音乐人分别演唱了他们原创的《因为有你》《疫战》《你能我能》等歌曲。振奋人心的歌声与后面大屏幕上的MV让人感动。

我们医疗队的节目是女声合唱《相亲相爱的一家人》。早在几天前群里呼唤报名，短时间内名额被秒抢而空。前两天队伍休整，每天下午她们合唱队都进行排练。这次熊教授变身"熊导"，亲自指导。今天我们总算见到和听到了她们的合唱，歌声代表我们的心声。

第二个环节是郑队汇报我们队的工作。讲话之前他放了一首奉贤区领导为奉贤队创作的歌《等你回家》，郑队请SMG的《人间世》剧组为这首歌配上了MV。如果说之前看别人的MV受感动，那看着镜头里熟悉的我们在金银潭医院努力奋斗的MV，我不禁潸然泪下。我为曾经挥洒的汗水和经历的苦和累流泪，为我们在金银潭医院奋斗的63个日日夜夜而感动。

MV播出后，郑队简要介绍了我们135名医护人员"生死金银潭""抢命金银潭""胜利金银潭"的全部历程。他介绍了医疗队的组成与工作概况：总收治病人170例，其中重危123例，治愈出院136例，总治愈率80%，危重症治愈率72.35%。郑队说，这一段经历让我们刻骨铭心，终生难忘。最后郑队简明扼要用"五个模式、四个第一、三份初心、二个一（一个党员一面旗帜，一个支部一座堡垒）、一个目标"来总结我们的工作。

第三个环节是各位领导讲话，我的心随之开始放飞啦。

会议结束，我们还需要拍集体照，先在万豪酒店门口来一张，再到金银潭医院来一张。拍照时无比感慨，我们医疗队直到今天才来第一张"正装"全家福。原因有二：一是翻班忙，又跨酒店，人永远凑不齐；二是没有统一的队服。今天，穿上队服的我们终于可以来张精神抖擞的全家福啦。

明天回家，今晚估计难以入眠了。

我们曾经为武汉"拼过命"

"共饮一江水，沪鄂心连心，我们上海医疗队把武汉当作第二个故乡，我们会常回家看看。"

3月31日，援鄂第67天，武汉，上午，阴；上海，下午，雨。

今天我们回家，回到大上海的怀抱。中午还在武汉，下午已到上海，800公里的距离，承载了沪汉两地人民的感情，那份浓烈、真挚的感情。

凌晨一点，微信圈还有队友在发消息和点赞，估计很多人和我一样难以入眠吧。早上六点半起床，洗漱后先把最后的一些东西都整理进了箱子，接下来就开始整理房间，作为一个听话的队员，我严格按照领队的要求，把房间打扫干净，就算达不到酒店服务员的标准，但已经让自己很满意了。

队里通知八点半就会有行李车来把我们的行李运走，今天武汉天河机场回家的人太多，怕到时候找不到行李，昨天晚上，队里就紧急联系为我们做了统一的标签，标签今天早上能领，上面写上了每一个人入住的宾馆名字、所属医疗队、姓名、托运行李号等，到时候标签一贴，就不容易出错了。

吃完早餐，先到楼下晃了一下。标签已经送到，周教授和他的行李箱也在楼下了,甚至已经贴上了标签,看样子周教授回家的心比我们还急切啊。赶紧回房间,给箱子贴上标签送到楼下,反正有消防小哥在,我们放心。

不到八点半,再次回到楼下,已经有很多箱子了,消防小哥忙着为我们的箱子系上粉色的丝带,这样就更有特征能区分,感谢小哥暖心的行动。这时候酒店的外面已经来了很多警察,在门口列队了。我们十点多走,他们这么早就来了,辛苦。我赶紧问,能合影一张吗?估计是他们的队长吧,说:"随意。"再随意也不能把他们的队形打乱吧,赶紧在边上和他们合影一张,感谢这些最可爱的人。

我们出发时,武汉的一些市民在马路边列队相送,合唱《歌唱祖国》。一句句 "感谢上海,感谢人民" 的呼喊声令人心情激荡。我们也列队呼唤 "感谢武汉人民"。和酒店的工作人员依依惜别,在欢送声和警察们的敬礼中,我们踏上了开往万豪酒店的路。

今天我们分驻在两个酒店的第一批援鄂医疗队队员会在万豪酒店集中,然后一起出发去机场。等我们到达万豪酒店的时候,万豪酒店的队员们已经在等着我们了。在这里,将有警车开道,把我们送往机场。

武汉当地的人民给了我们最高规格的送行,我们深感荣幸和自豪。

到达机场,金银潭医院的张定宇院长也来送我们了。他说:"非常不容易,和我们一起战斗了 60 多天,你们是我们的亲人,上海也是我们的亲人。" 武汉的领导说:"欢迎你们故地重游,武汉将张开双臂欢迎你们。武汉感谢你们,一千多万武汉人民感谢你们,会记住你们,记住你们这些白衣战士。" 郑队说:"我们完成了任

务,完成了使命,今天我们要回家了。共饮一江水,沪鄂心连心,我们上海医疗队把武汉当作第二个故乡,我们会常回家看看,感谢武汉人民、武汉政府对我们医疗队的帮助。"是啊,从此武汉就是我们的第二故乡,因为我们曾经为他"拼过命"。我们和金银潭医院生死与共,我们一起扛过来了。

拿上登机牌,进入安检口,今天我享受了不一样的待遇,不用摘下口罩,把身份证交过去,我问安检:"你能认出来吗?"回答:"能,可以看眼睛。"厉害啊,火眼金睛。过安检,我想把背包里的水丢掉,安检帅哥说:"不用丢。"今天的我们享受的是什么待遇啊,我太激动了。来到登机口,今天,湖北机场的空姐为我们送上了她们的节目《夜来香》,美妙的歌声,优美的舞姿,可我更多关注的却是空姐们曼妙的身材!羡慕!

临上飞机前,我听到了还在雷神山医院抗疫的李佳医生发给我的最新版歌曲《等你》。她说这首歌写于1月30日,当时是为期待我所在的医疗队早日凯旋而写的。得知我们3月31日回去的消息后,她不顾夜班劳累,和她的朋友们在48小时里赶制出新歌表达心愿,两天里她只睡了3个小时。不知为何,静静地听着这首《等你》,我再次潸然泪下,"谁不想岁月无恙,谁不想蓝天下翱翔,你奔向战场,只为看到自由的呼吸,看到人来人往……"

在飞机上又听到了东航机长浑厚的声音:"两个多月前,我们的航班把你们送到了武汉的抗疫前线,拯救生命,一个多月后,武汉的疫情得到了有效的控制,你们拯救了无数的生命……因为你们的努力,我们看到了曙光和希望,因为你们的努力,无数的人被你们感召而加入与病毒斗争的战列。我相信,在全人类的努力下,这场疫情终将被战胜。再一次向你们致以崇高的敬意。"

当飞机在虹桥机场停稳时,很多人都迫不及待地站了起来,回家的感觉真好。上海下着雨,有些冷,披着雨披站在最后面,我只能听到领导的声音,却看不见人在哪里。耳朵听着声音,眼睛四处看,好多人在欢迎我们。领导的话,我只记住了一句:"看你们回来,老天也感动地哭了。"哈哈,武汉是阴天,估计是因为我们要走了,心情不好吧。

车队出发,路边的警察举手敬礼,目送我们离去;来到酒店,又是列队欢迎。是啊,我们回家了,感谢所有的人,欢送我们的人、迎接我们的人。

跟队友们赶紧在酒店大堂合影留念,我们小组也总算来了一张小"全家福",唯一一张不穿防护服的集体照。等进了房间,我们就不能出门啦,真正进入14天的隔离期。

安静下来,整理思绪,写下了这篇日记,我们上海第一批援鄂医疗队的武汉抗疫故事就全部结束了,在这两个多月的抗疫过程中,有很多让我感动的人和事,有很多人需要我们去感恩。

援鄂日记的最后一篇,我还想特别感谢一位深藏在我背后的无名英雄。每天下班后再忙再累,也会将我口述或记录的心里话一股脑儿扔给她。有的时候我有开心振奋的消息会与她一起分享;有的时候她会抚慰我焦虑的心情;当我困惑迷茫的时候她也会设身处地为我提供建议。大家现在看到的每一篇日记都经过她修改。有她在,我可以随心所欲地在日记里倾诉,无论正面的还是负面的。感谢您,袁蕙芸老师!

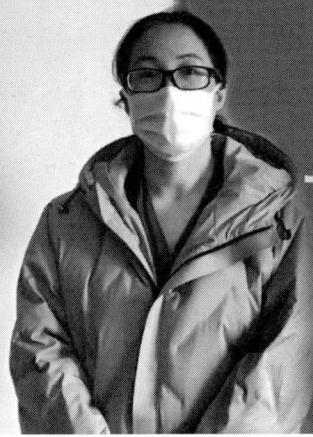

附录一:《等你》

《等你》这首歌写于1月30日,这是上海第一批援鄂医疗队队员们抵达武汉后的第7天。歌词作者、仁济医院风湿免疫科主治医师李佳说:"我很想问问查查老师和朋友们能不能按时吃饭,病房冷不冷,伤口疼不疼,休息够不够,穿一天防护服会不会很难受……可是我忍住了,怕太多的消息会占用她们的休息时间。于是,在1月30日那一天,我写下了自己的心愿——《等你》。"

《等你》

作词:李佳(上海第八批援鄂医疗队队员)

作曲、编曲、钢琴演奏:杨斯思(耶鲁大学细胞生物系)

演唱:田园(耶鲁大学法学院)

黄淑纾(南京医科大学)

和声编写:田园、黄淑纾

怕你累了　怕你饿了

怕触碰你的伤

每个夜晚　都这么漫长

每个消息　都让我惊慌

遥远的路　雨凝成霜

暮色悄悄苍茫

背上行囊　你飞向远方

是否回望　牵挂的故乡

英雄　不是你要的模样

谁不想　岁月无恙

谁不想　蓝天下翱翔

你奔向战场

只为看到自由的呼吸

看到　人来人往

看到　深情的目光

不再被阻挡

看到未来　山高水长

（和声）沅水通波接武冈,送君不觉有离伤。

青山一道同云雨,明月何曾是两乡。

英雄　不是你要的模样

谁不想　岁月无恙

谁不想　蓝天下翱翔

亲爱的你

在那无人行走的街巷

走过　杨柳依依

走过　绿庭染鹅黄
等背影成双
等你归来　百花飘香

再多的痛　也黯淡不了
使命的光　千万个你
在我心间　在我身旁
我愿追随你一生何妨

《等你》MV

附录二:《勇气》

　　受上海第一批援鄂医疗队队员、李佳的老师查琼芳医生和全国医务人员抗疫事迹鼓舞,李佳又创作了一首抗疫歌曲《勇气》,并请专职音乐人袁清谱好了曲。可是还没来得及录制,她就作为上海第八批援鄂医疗队队员,于2月19日踏上了奔赴武汉抗疫前线的征途。得知这一情况后,在音乐人林中琦等人的帮助下,袁清亲自演唱,连夜录制单曲《勇气》,仁济医院也连夜赶制了仁济版MV《勇气》。著名男中音歌唱家、上海音乐学院院长廖昌永教授得知此事后,欣然受邀演唱这首抗疫公益歌曲《勇气》并录制MV,希望以此激励和感谢全国的白衣战士,并和全国人民一起,并肩奋战到胜利的那一天。

《勇气》

作词:李佳

作曲:袁清

演唱:廖昌永

每一次回首

看到你汗水把白衣浸透

每一次挽救

你竭尽全力彻夜地守候

漫漫长路握住谁的手

无语凝望是谁的温柔

有一种勇敢　是明知艰险　也决不回头

有一份情谊　是没见过你　却像老朋友

你是千千万万的我

我是长长久久的你

无望的路口

在哭的时候

也要牵手一起走

你走上战场

向千般妩媚挥一挥手

你行色匆匆

用无尽勇气为生命相守

夜色暖了千载黄鹤楼

清晨阳光在你的双眸

有一种勇敢　是明知艰险　也决不回头

有一份情谊　是没见过你　却像老朋友

你是千千万万的我

我是长长久久的你

希望的光芒

万古长江流

等到花开的时候

总有花开的时候

《勇气》MV

东方卫视版 MV 导演：鲁国良

仁济版 MV 制作团队：吕卓诚　袁蕙芸　闵建颖

后　记

　　除夕之夜，还未与家人吃完团圆饭，我就匆忙带上行李，逆行而上，来到武汉，来到金银潭医院，投入自己一生都忘不了的抗疫战斗。忘不了我们面向党旗，举起右手，庄严承诺；忘不了我们团结互助，奋不顾身，共克难关；忘不了我们心存感激，精心救治，竭尽全力。

　　在这难忘的68天里，我看到每位医护人员无私无畏、永不放弃，用医术仁心与时间赛跑，与病魔抗争，哪怕再累再苦，也没有一声怨言，一次退缩；我看到被病毒折磨的病人在医护和病友的关爱和鼓励下，用坚强毅力与死神抗争，直到能迈开脚步笑着走到阳光下；我看到志愿者们无私奉献，竭尽全力，冒着被传染的风险，把周到的服务送到需要帮助的人身边；我看到了来自党和政府、社会各界源源不断的人、财、物的支持和各种各样的关爱……

　　这一切的一切，是历史的定格，更是对生命的礼赞！每一个动人的故事都是不朽的画卷、动听的音符……这些普通人的故事一次次感动着我，震撼着我。于是，我听从自己内心的召唤，用真实的眼睛、朴实的语言，把看到的、经历的人和事一字字一句句都记录下来，珍藏于心，无愧人生这一段难忘的抗疫经历，因此，才有了这67篇日记的诞生。

　　在此，我要感谢武汉人民和金银潭医院给予我们的关爱与荣誉，你们始终处在这次新冠肺炎疫情的"暴风眼"。你们经历的苦和累,他人或许很难感同身受,但你们勇敢地扛过了最艰苦的时刻,你们是英雄的人民!

感谢和我一起"拼过命"的北三楼重症病房第一小组各位组员,因为我们的相亲相爱,团结互助,让我觉得再苦再累也有同行者。

感谢我们"三女将"中的另外两位,我们互相鼓励、互相安慰,走出了那段至暗时光。

感谢上海第一批援鄂医疗队的领队郑军华副院长,是你在开始的时候说"防护措施不到位,不进病房",让我放下忐忑的心;是你在我们疲倦的时候对我们说"努力努力再努力,坚持坚持再坚持",让我坚持到了最后;是你重申了"英雄"的定义,让我明白越到关键时刻,越要一鼓作气,坚持到底。

感谢我们医疗组组长周新教授,没有豪迈的语言,有的只是党员的以身作则,用行动来率先垂范激励我们。

感谢上海市卫健委、上海交通大学医学院对我和家人的关心;感谢上海交通大学医学院附属仁济医院领导和同事对我的关心和支持,以及对我家人的帮助,其中有夏强书记和李卫平院长的叮嘱和承诺,有闵建颖副书记、牟姗副书记、张继东副院长、呼吸科和所有职能部处领导的关心。特别要感谢党委宣传处的袁蕙芸处长,你感受着我各种各样的情绪,始终关心着我,没有你每天亲自修改和帮助,我的日记无法面世。

感谢上海交通大学出版社的谈毅书记、李芳社长、李广良总编辑和吴雪梅老师的倾力支持。

感谢社会各界单位和人士的热情与付出,感谢亲朋好友的挂

念与问候。

最后，我更要感恩中国共产党领导下的祖国和人民，因为有你们做坚强后盾，我们才能不辱使命，勇往直前，义无反顾！

上海交通大学医学院附属仁济医院第一批援鄂医疗队队员